红楼一梦

入金陵

潇妃燕 编

河海大学出版社
HOHAI UNIVERSITY PRESS

图书在版编目（CIP）数据

红楼一梦入金陵 / 潇妃燕编. -- 南京：河海大学出版社，2019.6
ISBN 978-7-5630-5682-8

Ⅰ.①红… Ⅱ.①潇… Ⅲ.①《红楼梦》研究 Ⅳ.① I207.411

中国版本图书馆 CIP 数据核字（2018）第 260934 号

书　　名 / 红楼一梦入金陵
书　　号 / ISBN 978-7-5630-5682-8
责任编辑 / 毛积孝
责任校对 / 张琳妤
特约编辑 / 李　路　高　焕
封面设计 / 小　乔
版式设计 / 西橙工作室
出版发行 / 河海大学出版社
地　　址 / 南京市西康路 1 号（邮编：210098）
电　　话 /（025）83722833（营销部）
/（025）83737852（总编室）
经　　销 / 全国新华书店
印　　刷 / 三河市元兴印务有限公司
开　　本 / 880 毫米×1230 毫米　1/32
印　　张 / 9.75
字　　数 / 161 千字
版　　次 / 2019 年 6 月第 1 版
印　　次 / 2019 年 6 月第 1 次印刷
定　　价 / 59.80 元

目录

- 世沾皇恩 / 003
  - 怡红院墙 / 010
- 三生石畔 / 020
  - 青梅竹马 / 032
- 山雨欲来 / 048
  - 偷梁换柱 / 053
- 风月宝鉴 / 062
  - 人情练达 / 067
- 丧子之痛 / 076
  - 愁入断肠 / 085
- 悬壶济世 / 095
  - 金玉良缘 / 105
- 梦中江南 / 117
  - 诗情野趣 / 127
- 梦回金陵 / 139

第一章 · 曹雪芹的红楼一梦

一座城，一城人，一段往事。三百年，久远得足以让人忘却了自己的前世今生，却忘不了那段三生石畔的往事。

第二章 · 红楼人物评传

贾母出身名门，大智若愚，看着只是跟着孙女、孙媳等人嘻嘻哈哈，慈眉善目的，但她的骨子里其实是个外貌协会会长。

- 贾母——外貌协会会长 / 151
  - 邢夫人——窝囊一辈子的隐形人 / 155
- 贾政——烦恼家业无人继承 / 157
  - 王夫人——佛口蛇心的伪善人 / 160
- 贾琏——家有悍妻，风流依旧 / 163
  - 王熙凤——步步为营的铁娘子 / 166
- 薛蟠——其实是个妻管严 / 168
  - 夏金桂——火热夏天的河东狮 / 170
- 薛宝钗——活得克制，爱得也克制 / 172
  - 贾宝玉——不长进的富二代 / 176
- 林黛玉——赢了爱情，赔了生命 / 180
  - 史湘云——敢爱不敢说 / 184
- 妙玉——外冷内热的冰山美人 / 187
  - 元春——富贵至极却也寂寞至极 / 190
- 迎春——懦弱的小姐不如丫鬟 / 193

·惜春——冷面冷心的千金"姑子" / 198

·贾环——唯唯诺诺的阴暗者 / 200

·秦可卿——红楼中的谜女子 / 203

·巧姐——千金小姐沦落乡村 / 205

·贾芸——真本事成功上位 / 207

·小红——转角遇到幸福 / 210

·红楼丫鬟之芳官——古灵精怪到沉默寡言 / 212

·红楼丫鬟之入画——无可奈何进皇宫 / 214

·红楼丫鬟之茜雪——一杯茶的冤走 / 216

·红楼丫鬟之金钏儿——以死证清白 / 218

·红楼丫鬟之香菱——总与幸福擦肩而过 / 220

·红楼丫鬟之紫鹃——为主子殚精竭虑 / 222

·红楼丫鬟之平儿——不求有功但求无过 / 225

·红楼丫鬟之鸳鸯——依靠贾母躲风波 / 228

·红楼丫鬟之晴雯——痴情只为一人 / 230

·刘姥姥——可爱的自嘲高手 / 233

·茗烟——护主的顽童 / 236

·龄官——一场梦，一场空 / 238

·薛姨妈——千方百计寻烦恼 / 240

·五儿——临门一脚却进不了怡红院 / 242

·马道婆——"有奶便是娘"的贪婪小人 / 244

·赵姨娘——"作"掉幸福 / 246

·邢岫烟——寒门淑女的悲哀 / 249

·秦钟——"我欠你一个责任" / 251

·贾雨村——起起落落的官场人生 / 254

·甄士隐——历经世态炎凉 / 257

- 《红楼梦》中最浪漫的爱情故事 / 261
  - 红楼中似真似假的翁媳传闻 / 263
- 红楼中尼姑的反叛 / 266
  - 富贵乡中的一场南柯梦 / 268
- 爱情敌不过父母之命媒妁之言 / 270
  - 贾政与贾宝玉别扭的父子情 / 273
- 《红楼梦》中的婆媳相处之道 / 275
  - 《红楼梦》中的宫心计 / 278
- 黛玉葬花——埋葬爱情 / 280
  - 宝钗扑蝶——寻觅幸福 / 282
- 湘云沉酣——阳光美少女的"没心没肺" / 285
  - 金陵十二钗之首 / 287
- 金陵十二钗之贾家四春 / 295
  - 金陵十二钗之后四位 / 300

第三章・红楼遐思

贾芸是贾府的穷亲戚,为了摆脱命运,他千方百计去讨好贾琏跟王熙凤,为自己谋了个差事,靠勤劳在贾府发家致富。

第一章

曹雪芹的红楼一梦

·世沾皇恩·

　　一座城，一城人，一段往事。三百年，历史的烟尘早已消逝，那段三生石畔的往事却因为红楼一梦而成传奇。江宁织造府，曾经是人声鼎沸、门庭若市的诗礼簪缨之族，如今却成了仅供游人参观的景点。再不曾有那公子小姐漫步闲庭的身影，来往的都是些行色匆匆的过客。时光流逝，改变了朝代，磨灭了记忆，却无法抹去那段三百多年前上演的故事。

　　曹雪芹是这个故事的主人公，他是亲历者，也是记录者。这是一段很长的故事，我们还得从曹雪芹的曾祖父那一辈开始说起。

　　曹家祖上原不是什么名门望族，而且还是旧朝的官员。在那个风雨飘荡的年代，他们弃文从武，原是打算着保家卫国，博得一个大好前程。不曾想明朝气数已尽，曹家还未来得及报国，努尔哈赤便已逐鹿中原。曹家沦为俘虏，年少的曹玺跟着祖父与父亲成了满族正白旗的包衣奴才，那年他们一家任职于多尔衮的府邸之中。

　　曹家原本想着，多尔衮权倾天下，跟着他自然也不差。但多尔衮担任摄政王多年，张扬跋扈，结果搬起石头砸了自己的脚，他在死后被定大罪，曹家一家人因此变成了皇帝的家奴。

祸兮福所倚，福兮祸所伏。按理说曹家是罪臣的家奴，不可能得到皇帝的重用。但是上天却给了他们前所未有的恩赐，这一次易主给了曹家翻身的机会。这曹玺的性子有些像袭人。袭人跟着贾母的时候一心就装着贾母，跟了宝玉，心里也就只剩下宝玉了。曹玺如今跟了皇帝，自然也就只效忠皇帝一个人，由于他忠心耿耿，办事谨慎小心，很得皇帝的信任。

那一年爱新觉罗·玄烨出生，曹玺的妻子孙氏成了皇子的保姆，这位皇子，就是后来的康熙。源于这样的亲密关系，曹玺的仕途平步青云。他先是任职内务府营缮司郎中，不久又被任命为江宁织造，负责置办朝廷官用的绸缎布匹，以及完成皇帝临时交给的差事。

由于曹玺忠实勤奋、办事利索，康熙对他更加宠信，又赏蟒袍，又赠一品尚书衔。孙氏曾经是皇帝的保姆，那便一辈子都是皇帝的长辈。当时的顺治帝几乎把所有的精力都花在了董鄂妃跟她的儿子身上，基本上没怎么关心过他的三阿哥康熙。爹不亲、娘不爱的康熙从小跟着奶娘和保姆们长大，亲情缺失的他，对于这些曾经伴在身边的人就更加亲近了。

他亲下江南一路视察民情时,免不了就要去看望故人,而曹家则当仁不让担起了接驾的大任。曹家穷心竭力,费尽心思安排,获得了皇上赞赏,赏赉甚厚。此时庭中萱花开,康熙遂御书"萱瑞堂"三个大字以赐。这大约便是荣宁二府牌匾的由来。

曹玺一生鞠躬尽瘁,尽忠职守,在曹玺死后康熙南巡至江宁时,亲自到织造署慰问曹玺的家属,还特派了内大臣去祭奠他。

曹玺的儿子曹寅也很争气。作为一代忠臣的孩子,曹寅从小就知道光宗耀祖是他肩上不可推卸的使命。曹玺在世时就对他严格要求,诗词歌赋,习武练功,曹寅从来不敢有所懈怠。小小年纪的他,已是个了不起的文武全才。十三岁的曹寅成了皇帝的伴读,两人朝夕相处,谈天说地,亦臣亦友,数余年的伴读生涯使他得到了皇帝足够的信任。

十六岁那年,曹寅成了皇帝的御前侍卫,很得赏识。二十多岁时,文武双全、博学多能的曹寅又被提拔为御前二等侍卫兼正白旗旗鼓佐领。当年的曹寅、纳兰、康熙,可以称得上是皇宫三剑客,他们博贯古今,风度翩翩,文韬武略,无所不通。朝堂之外,他们一同吟诗作对,对酒当歌。朝堂上,他跟纳兰是康熙的左右手,康熙欣赏他们的才华。而曹寅比纳兰更得康熙信任，纳兰的父亲位高权重，注定了纳兰只能作为康熙的一个知己，难以成为其委以大任的重臣。而曹寅不一样，他的家世背景和整个家族对皇帝的尽忠尽职，让他深受康熙信任。他珍惜这份君臣之情，也珍惜这份难得的恩宠，但他也时常谨记一句话，伴君如伴虎，因此更加小心谨慎。承袭江宁织造一职后，他更加尽忠尽职，备受赞赏。

为了保住满门荣耀富贵，曹寅还选择了一场仕途经济婚姻。原配发妻死后，他选择了苏州织造李煦父亲李士祯族弟李月桂之女李氏作为自己的续弦，江宁织造和苏州织照强强联手，延续了曹家的繁荣富强。

然而盛极必衰，长年的亏空，使得曹寅心中记挂，却也无能为力，他总是害怕有一天皇帝会因此降罪。郁郁寡欢、担惊受怕的日子，使得他最终在进京述职那年七月患上风寒之病，继而转成疟疾，随后李煦向康熙上奏曹寅的病情。

康熙对曹寅的病情非常重视，他立即批复："你奏得很好，今欲赐治疟疾的药，恐迟延，所以赐驿马星夜赶去。"康熙还在下面写了满文，是金鸡纳霜的满文译音，他非常仔细地加以说明："专治疟疾，用二钱末，酒调服。若轻了些再吃一服，往后或一钱或八分,连吃二服,可以除根。若不是疟疾,此药用不得。须要认真,万嘱万嘱万嘱!"但曹寅运气不佳,药送到前,就病逝于扬州。

李煦上奏,曹寅弥留之际,核算出亏空库银二十三万两,而且曹寅已经没有资产可以补上,"身虽死而目未瞑"。曹寅死后,康熙为保全曹家的江南家产免遭搬迁的损毁,特命曹寅之子曹颙继任江宁织造。到底康熙还是顾念情义的,没有因此降罪于曹氏诸人,依旧保留了曹氏一族的富贵,但今时不同往日,曹家已经渐渐走向了破败。这也就是《红楼梦》开头处作者借冷子兴口说的,四大家族如今是瘦死的骆驼比马大。

曹家的男人们一代不如一代,但他们家的女人却很了不起。从早年间的孙氏开始说起,她是康熙的保姆,也是康熙的长辈。后来的李氏出身名门,像极了《红楼梦》中的贾母。从小就含着金钥匙出生的李氏,丈夫是康熙最信任的人,不仅衣食无忧,夫妻之间也很和睦,两人膝下有儿有女。李氏的儿女也很了不起,儿子承袭了江宁织造,两个女儿则成了王妃。

那一年,曹家可谓是喜事连连。谁都不曾想过一个小小的包衣奴才家,竟成了江南最富庶的人家。来往的均是达官显贵,他们一来是道贺曹府的长女喜得如意郎君,二来也是恭贺曹府公子仕途平顺。

若问这曹大小姐所嫁的是何人，她的夫婿是镶红旗多罗平悼郡王爱新觉罗·纳尔苏，是清太祖佟·努尔哈赤的七世孙，真正的皇族后裔。李氏的第二个女儿做了蒙古郡王的王妃后，使得当时摇摇欲坠的曹家暂时稳固了下来。曹雪芹就是出生在这样一个满门荣耀的家庭。但是，他一出生，便没有父亲。因为在他出生的那年正月，他的父亲曹颙在京中述职时病逝。

皇帝得知这个消息后十分惆怅，恰在此时曹頫呈上一份奏折："奴才之嫂马氏，因现妊孕已及七月。"皇上怜惜乳母李氏，更加体恤马氏的艰辛，直接令曹頫过继给曹寅，接任江宁织造，此后曹家富贵未减，荣宠更盛。

世沾皇恩，昌盛繁荣，外人眼中的曹家还是往昔的曹家，可是对于李氏和马氏来说，曹家早已不同往日了。如今的一家之主不是曹寅的嫡亲血脉，甚至与李氏和马氏没有任何的血缘关系，只剩下那一点亲戚情分。她们是压抑的，也是不快乐的，迫切希望马氏肚子里的这个曹家嫡亲血脉早日出生，日后成为新的当家人。

曹雪芹就在这样的殷殷期盼中来到了曹家。他没有"倾国倾城的貌"，也没有"多灾多病的身"，只是个寻常的娃娃，甚至还有点黑。

即使这样，曹雪芹的出生还是燃起了整个家族的希望，曹家的两个女人将自己和家族所有的希望都寄托在了这个男孩的身上。远在千里之外的皇帝念着和曹寅多年的情分，也格外关注着这个孩子。

为了讨好皇上，曹家在给孩子取名上费尽了心力。一家大小经过苦思冥想，终于在曹雪芹满月之后确定了一个名字，由曹頫于六月三日上奏皇帝："连日时雨叠沛，四野沾足。"此即曹雪芹名"沾"的机缘，天时地利人和均占。

"沾"字取《诗经·小雅·信南山》，"既优既渥，既沾既足，生我百谷"，有"世沾皇恩"之意。"雪芹"二字则出自苏轼《东坡八首》之三：

泥芹有宿根，一寸嗟独在。雪芽何时动，春鸠行可脍。

看到这样一个名字，皇帝也觉得十分欣慰，到底这曹家是知道感恩的。在皇帝的批示和曹頫的操办下，曹雪芹的满月酒几乎惊动了江南，皇帝赏赐了很多珍奇古玩给曹家，苏州织造李煦、杭州织造孙文成也赶来祝贺，曹雪芹的满月酒，俨然成了上流社会的大聚会。

红楼一梦 入金陵

·怡红院墙·

曹雪芹的一生注定是不平凡的,他和贾宝玉有很多相似之处。根据《红楼梦》的相关情节,我们可以大胆想象一下曹雪芹的少年生活。

曹雪芹的童年是备受关注的,他不管做什么事情总是有很多双眼睛盯着。因为从小缺少父爱,所以李氏对他格外宠爱,那真是"捧在手里怕掉了,含在嘴里怕化了"。对于李氏、马氏而言,他是她们唯一的依靠,所以曹雪芹从小就是跟着祖母李氏长大的。

那么曹雪芹和叔父曹頫的关系怎么样呢?在《红楼梦》中,贾政和贾宝玉这对父子的关系非常紧张,除了学业,他们几乎没有什么交流。对于贾母而言,贾政是来扫兴的,吓坏了小孩子,所以除了问安外,能不见就不见。灯谜会的时候贾母还下了逐客令,直接就让贾政先走了。

由此我们可以大胆猜测,曹雪芹和叔父的关系是不怎么好的,毕竟不是嫡亲血脉,曹頫尽一尽教育的职责,做个表面文章也就算了，至于真正的关心，那可能就跟书中的贾政对贾宝玉一样，不是曹雪芹所想要的。

可以说，曹雪芹一生的爱都源自于女性，他的父亲早亡，叔父不管不问，祖母与母亲给了他全部的爱。和贾宝玉一样，他的身边又都是丫鬟和嬷嬷在照顾，所以他自小喜欢和女孩在一起玩。至于后来在创作贾宝玉这个人物时，说出"女儿是水做的骨肉，男人是泥做的骨肉"这一番话来也不奇怪：

> 说来又奇，如今长了七八岁，虽然淘气异常，但其聪明乖觉处，百个不及他一个。说起孩子话来也奇怪，他说："女儿是水做的骨肉，男子是泥做的骨肉。我见了女儿便清爽，见了男子便觉浊臭逼人。"你道好笑不好笑？将来色鬼无疑了！

花开满园，每年的春夏，曹家的后花园中总是姹紫嫣红，牡丹、芍药、海棠、芙蓉、夕颜、迎春、樱花烂漫，桃之夭夭，说不尽的满园春色，国色天香。自此一段，《红楼梦》中曾有这样的描述：

因而步入门时，忽迎面突出插天的大玲珑山石来，四面群绕各式石块，竟把里面所有房屋悉皆遮住，且一株花木也无。只见许多异草：或有牵藤的，或有引蔓的，或垂山巅，或穿石隙，甚至垂檐绕柱，萦砌盘阶，或如翠带飘飘，或如金绳盘屈，或实若丹砂，或花如金桂，味芬气馥，非花香之可比。贾政不禁笑道："有趣！只是不大认识。"有的说："是薜荔藤萝。"贾政道："薜荔藤萝不得如此异香。"宝玉道："果然不是。这些之中也有藤萝薜荔，那香的是杜若蘅芜，那一种大约是茝兰，这一种大约是清葛，那一种是金䔲草，这一种是玉路藤，红的自然是紫芸，绿的定然是青芷。想来《离骚》《文选》等书上的那些异草，也有叫作什么霍纳姜汇的，也有叫什么纶组紫绛的，还有石帆、清松、扶留等样的，又有叫什么绿荑的，还有什么丹椒、蘼芜、风莲的。如今年深岁改，人不能识，故皆象形夺名，渐渐的唤差了，也是有的。"

他爱极了这样的香远益清、光彩夺目，欣赏着一个个的美人花韵。正如词中唱到的：

遍青山啼红了杜鹃，那荼蘼外烟丝醉软，那牡丹虽好，他春归怎占的先？闲凝眄兀生生燕语明如剪，听呖呖莺声溜的圆。

在很长一段时间里，他就是贾宝玉，贾宝玉就是他，他们穿越了时空，跨越了书本与现实。后花园就是他的天堂，他爱极了那里的花开灿烂。他喜欢女孩子身上那种淡淡的脂粉香，却总觉得外面卖的没有自己制作的好，不如自己家里的花好，也断不会有自己那般细心精致。望着满园芳香，不想辜负了这美景春色，他甘做惜花人，采下那一朵朵摇曳多姿的花，亲手为自己房中的丫鬟们做胭脂膏子。他那么用心仔细，点滴中透露着他对女子的喜爱之情。第一次不知道分量比例，做了好久才完成了他自制的香粉。后来渐渐熟悉了，也知道了制作比例，但凡是有时间，他就喜欢在房中制作各种胭脂香粉。

他天赋异禀，聪明伶俐，却偏偏不喜欢正经文字，极为厌恶八股，就喜欢在女人堆里扎着，为此没少被罚。每次回想起童年时光，他总能想起叔父那双严肃犀利的眼睛，直勾勾地盯着自己。所以在

《红楼梦》中贾宝玉跟父亲贾政的相处总是很紧张。因为女子,贾宝玉曾经被父亲贾政狠狠打过,而曹雪芹应该也不曾逃过叔父的棍棒教育。只是他和叔父多少隔了一层关系,又有祖母李氏在,所以他的境遇会相对好一点。

祖母是他童年所有爱的源泉,这个慈祥的老人,对他倾注了自己所有的爱。他淘气异常,厌恶八股文,不喜读四书五经,反感科举考试、仕途经济。而叔父曹頫却希望他能有一个大好前途,希望他能够像他的父亲一样有出息,故而对他严加管教,请了家庭教师,又让他去上家塾。

只是他一直厌倦这些,听到上学二字就像被箍了孙悟空的紧箍咒,浑身不自在。祖母李氏对他溺爱有加,老人家最见不得的就是自己心爱的孙子受委屈,所以但凡曹頫对他严格,李氏总是拦在前面护着他。

他虽不喜欢正经文字,却十分喜爱那些诗词歌赋和杂书。学会了读书断字后,他就开始广泛涉猎。幸而他是富贵人家的公子哥儿,家学渊深,祖父曹寅有诗词集行世,在扬州曾管领《全唐诗》及二十几种精装书的刻印,兼管扬州诗局。曹家藏书极多,精本有3287种之多。他在仕途经济上没有建树,却在其他方面触类旁通。

他自幼生活在这样一个文化底蕴深厚的家庭环境中,接受父兄教育、师友规训,博览群书,尤爱读诗赋、戏文、小说之类的文学书籍,诸如戏曲、美食、养生、医药、茶道、织造等百科文化知识和技艺莫不旁搜杂取。

生活在书的海洋中,曹雪芹终究还是不曾放下园子里的姐妹们,闲下来时"每日只和姊妹丫鬟们一处,或读书,或写字,或弹琴下棋,作画吟诗,以至描鸾刺凤、斗草簪花、低吟悄唱、拆字猜枚"或"只在园中游卧,每每甘心为诸丫鬟充役,竟也得十分闲消日月"。于他而言,这是他一生中最快乐的一段时光,他终生都对这段幸福生活记忆犹新,甚至在《红楼梦》开卷第一回中亲切地呼曰"梦幻"。

姐妹丫鬟们自然个个都是极好的,他的祖母更是个有故事的女人。根据《红楼梦》中贾母的形象,我们可以推断,李氏也是个极其乐观,喜欢热闹,爱跟年轻人回忆往事的老太太。所以曹雪芹就成了祖母最忠实的听众,一个喜欢讲故事,一个喜欢听故事,这祖孙俩算是过到一处去了。曹雪芹最喜听祖母讲过去的事情,讲她小时候见过的新奇事物,讲那些年皇帝微服私访的事情。

李氏告诉曹雪芹,他们家就是皇帝在江南的另一处家,因为皇帝下江南，有四次都是曹家接待的。说起那时候的光景，婆子们一个个都是眉飞色舞，那时候的皇帝气宇轩昂，举手投足间都显露着王者之气。每当听到她们说到这些的时候，小曹雪芹总瞪大了双眼用心倾听着，生怕错过了什么重要细节。他常常遗憾自己生不逢时，不能亲见这样的场面。

李氏最爱讲的还是自己的大女儿。用她的话说，这个曹佳命里就是个有福气的，出生的时候就已经显现了。别的孩子都是在寻常日子里就出生了，而她偏偏就不能将就。那年的冬天，眼看着就要临盆了，曹家上下早早就已经备好了一切，而这孩子就是迟迟不肯出来。

原定好了的，等到孩子出生之后，曹寅便快马加鞭赶赴京城述职。而孩子就是没有任何动静，曹寅只能忧心忡忡地先赶赴京城，希望自己的孩子能够等到自己回去再出生。在京城的这段日子里，曹寅记挂着家中的妻儿，不断寄书信回家，好在一切均安。

可巧，在曹寅述职回来的那个晚上，这个孩子就出生了。她长大后，不仅脾气好，而且聪明，饱读诗书。后来曹佳被皇帝钦点指婚给爱新觉罗·纳尔苏郡王，并赐满姓曹佳氏，而她在嫁为人妇之后，与郡王之间的夫妻生活也是恩爱甜美，备受恩宠。后来他们生了四个儿子，而这位郡王一生也才育有七个子嗣。

说起这些的时候，李氏的眼中总是闪烁着光芒，这满门的荣耀，儿孙的幸福，对她而言就是最大的安慰。所以在曹雪芹的房中，祖母安排了温柔贤惠的丫鬟贴身伺候着，不能让他有一刻冷着或饿着了。

《红楼梦》中有两个宝玉，一个贾宝玉，一个甄宝玉，他们的长相一样，脾气性格类似，也都非常喜欢女孩子，喜欢跟女孩子相处。为此曹雪芹从不吝啬自己的笔墨去写他们对女孩儿的这种情感。这一切都不得不使人觉得这就是他本人的看法。

那时候的他真的是生活在自己的怡红院中，来来往往看到的都是鲜花一样的美人，他不爱跟自己的小厮玩耍，更加不爱出去，外面的活动能不去就不去。李氏也总是惯着他，将他当成女儿家一般养在深宅大院之中，他心情好的时候便写诗作画，哄着丫鬟们玩，不管是丫鬟小姐，于他而言都是一样的。

他在怡红院宇中度过着他无忧无虑的童年。从未见过这样的哥儿，明明天资聪颖，偏偏不爱学习，终日里调皮捣蛋，也不跟那些纨绔子弟多来往，出去的时候又是一副仪表堂堂的样子。他在家中淘气异常，对待下人也是没上没下的，就喜欢研究些奇奇怪怪的东西。你若问他诗词歌赋、琴棋书画,就没有他不知道的,对于医药之事也是略懂一二;可你若跟他说仕途经济,他一定转身就走,谁的面子也不给。

他就是这样一个特立独行的存在。也正是因为中间有个他,李氏与曹𫖯之间的关系显得更加疏远。本就不是亲生骨肉,除了每日里的请安问候,基本就没有什么往来了。李氏虽嘴上不说什么,可想起自己那短命的儿子,夜深人静时总不由得潸然泪下。往事一幕幕,她总觉得对不起儿子。当年她也曾经是严母,想要让自己的儿子出人头地,光宗耀祖,延续曹家的兴旺,所以在儿子小小年纪的时候,就严加管教。不知儿子的心中有多少愁苦,也许一生都不曾做过一件真正称心如意的事情,才会那么容易病倒,最后英年早逝。逝者已矣,一想起这些,她的心总是隐隐作痛。

如今,眼见曹雪芹也如他父亲那般聪慧过人,只要稍稍用心,他日必能大鹏展翅,前途不可限量。而李氏,却再也不敢冒险了。于她而言,荣华富贵已经享受够了。却独独在这儿女缘分上福薄,不能和丈夫白头偕老,儿子也早早离去,白发人送黑发人是她心中永远的痛。曹雪芹是曹家唯一的男孩,再不能让他有什么闪失,让他过自己想要的日子,就那么平平淡淡长大成人,这便是李氏最后的一点念想。

而曹雪芹呢，大概也如贾宝玉一样，梦入女儿情，红楼话悲凉，童年的他不谙世事，却早已注定了一场女儿劫。真道是：

开辟鸿蒙，谁为情种？
都只为风月情浓。
趁着这奈何天、伤怀日、寂寥时，试遣愚衷。
因此上演出这怀金悼玉的《红楼梦》。

红楼一梦
入金陵

·三生石畔·

　　素昔一念，过往的兴盛荣辱在李氏的心中编织成了一个结，却给曹雪芹编织了一场梦。祖母是一个充满传奇的人物，也是一个会讲故事的老者，童年的他沉浸在祖母为他讲述的故事中。

　　他也常常听到祖母说起祖父的事情，在祖母的眼中，祖父俨然一个完美无瑕的神，威风凛凛，英姿卓绝。祖母常说这一辈子的缘分就是上一辈子的恩情，早就已经注定了，凭你怎么躲避都是逃脱不了的。她与祖父就是前世修来的缘分，所以今生才能够在茫茫人海中被绑定在一起，再也分不开了。

　　《红楼梦》就是曹雪芹年少青春时的一场梦，梦里有苦有甜，他在回忆当年的美好时，也感叹韶华易逝，物是人非，从而悟到了原来人生不过就是一场梦，不管梦中如何跌宕起伏，到头来不过就是一抔黄土掩风流。贾宝玉曾经梦入太虚幻境，王熙凤梦见秦可卿来告别，贾宝玉梦见了秦可卿的死亡，林黛玉也曾梦见过自己被贾府的人抛弃，梦太多太多。

《红楼梦》是一群红楼中人的梦境,也是曹雪芹的一个梦。他听了祖母太多的故事,这些故事在他脑中盘综错杂,最后变成了具体的影像。最后,他凭借祖父的画像以及祖母对于祖父的描述,慢慢地在脑海中形成了祖父的形象。某一夜入梦时,他就见到了自己从未谋面的祖父。

朦朦胧胧间,他飞越了千山万水,不知道飞了多久,就在他感到筋疲力尽的时候,他来到了一座山中停歇。烟雾缭绕间,他感觉自己似乎并未停留在地面上,而是在空中飘浮,好像有人在带着他向前行。

他不曾看清楚对方的长相,但看那人仙风道骨,白衣飘飘。也不知为什么,他觉得这就是自己的祖父。所以他不但不害怕,反而有一种前所未有的安宁,他伸手轻轻扯住祖父的衣袖,祖父似乎若有所思,微微叹了口气。

两人继续前行,他问祖父去向何方,祖父回答的话很有深意:"从来处来,到去处去。"一路山川秀明,祖父一一给他介绍这些地方,讲述曾经在这里发生的故事。他虽不能记下全部,却也零零散散记下了不少。

不知经过了多少名胜古迹,他们终于停了下来,他听着祖父的教导，不觉竟睡着了。当被祖父叫醒的时候，他才发现自己置身云彩之中，既看不见前方的道路，也看不见后面的景致，他有些忐忑不安。祖父安慰着他，告诉他这是人生的迷惘，无须害怕，静下心来，便能够看清楚自己的道路。在祖父的指点下，他的心渐渐平静了下来，拨开层层迷雾，他似乎看见了前方的道路。

这时，他依稀看见不远处有一女子哭哭啼啼，在一个门前徘徊，久久不肯离去。只见那女子仙姿绰约，裙袂飘飘，宛若天上仙。他从未见过如此美丽的女子，还未等他祖父开口，他便嘴里边念叨着，边往前要去找那位女子："了不得了，这是哪一个狠心的，怎叫美人带雨梨花，该死该死。"

他奋力向前，却感觉自己被一股强大的力量拖曳住了，转身看时却不是别人，正是自己的祖父，只听他呵斥道："蠢货，我原看你有些根基，聪明伶俐，方请命在梦中点拨你一二，不曾想你竟是如此冥顽不灵。这不过是虚无幻境罢了，你怎能就此当真，沦陷在这世俗的泥沼之中。"

祖父告诉他，这不过就是一些人生幻境，他只能看，却不能够阻止一二。听了祖父的话，他只能放下自己那颗焦急的心。祖父说，之所以引他来此地，为的是告诉他一段三生石畔三生三世的故事。

踩着云彩，看尽千帆，他随着祖父穿梭在时空中。祖父牵引着他来到一座山峰前，这山虽不是巍然屹立，却自有一种风骨。祖父告诉他这就是第一世，这一世的故事，是关于女娲补天留下的一个遗憾。

祖父说，在上古时代，混沌，天下一片荒芜，一眼望去除了萧索就是凄凉。这时候女娲诞生了，她为了改变这个世界而诞生，她是人母，肩上有着要开荒天下的重任。她是如此孤单，没有一点生机的大地上，有的只是颓废。听闻蓬莱有仙岛，有许多的珍奇异宝，她便将这些东西搬到了大地上。大地有了生机，花草树木欣欣向荣，一切都变得不一样了。她开心了好几天，可是时间长了，她又一次感到了孤单。

她觉得世间少了一种声音，一种千变万化的声音，也少了一种生机。说来也是机缘巧合，那一日她闲来无事玩泥土，忽然发现泥土打湿之后可以随意变形。她照着自己的样子，创造出了人。这些制作出来的人都有着自己的想法，会自己想办法改变周遭的花草树木。这已然不是自己的世界了，她左右不了这里的变化，但是她很开心，她终于完成了任务，可以回到自己本该到达的彼岸。

女娲离开了人间之后，喜欢上了三生石畔的彼岸花，那一种美到极致的绚烂之花迷住了她的眼睛。那花红得如火闪耀，白得如雪纯净，美艳了三生石畔。女娲迷恋着三生石畔的美景，忽视了人间的一切，不知不觉过了几世几载。有一日女娲偶感昏天黑地，风云变幻，没有了往日的清静。她前去勘查情况，才发现天破了一个大洞，人间被搅得不得安宁。女娲猛然间想起曾经在三生石畔看到过一种石头，可做补天的材料，便拿了一些去补天。

谁成想最后竟然还有剩下的，女娲因为补天有功，飞升成仙，不能将这石头带上天去，便将此物丢弃在了昆仑山中。这石头便在此地孤单地修行，忽然有一日，石头看见它的旁边长出了一株小草。小草依附在它的身旁逐渐成长，石头便为它遮风挡雨，无怨无悔。石头与小草虽不能交流，却因为彼此有了一个伴，从此都不再孤独了。

直到有一天，石头修仙有成，一跃升天，只留下自己的一具空壳与小草做伴，小草孤单寂寞，一度放弃了自己的修行。谁知道，忽然有一天，此处来了个翩翩少年郎，少年自称是那位从石头中修炼成仙的童子。他将与自己朝夕相处的小草移到了自己练功的地方，每天给小草浇水，与它说话。

小草因为石头的再次出现，有了在此修炼的动力，为了能够与石头用同样的品相见面，它日夜勤加修炼。石头来的时候它与石头一起修炼，石头不在的时候它独自修炼，不敢有丝毫的放松。终于有一天，她修炼成了一位美丽的女子。她想让自己位列仙班，继续与石头朝夕相处，只是石头还不知道这件事情，所以她急于见到石头，与他相认。曹雪芹暗暗想到，谁知这小草是个痴心的，而石头却是个狠心的，偏偏就是不愿意开门。可知是落花空有意，流水总无情。就在他想着石头如何无情无义想要骂人时，祖父告诉他，那一日可巧石头出门去办事了，要好些日子才回来。出门着急，不曾跟小草说起，这小草以为是石头有心躲着不见，才如此这般伤心欲绝，泣不成声。

这时，他们眼前又出现先前那道门，他又看见那名女子在门口哭泣。只见门开了，从门里面出来一个花衣美服的仙子，将她带了进去。仙子告知了她石头的去向。石头想要真正修炼成仙，必须得经过人间的历练才可以。所以他去下面历练了，要等到他在人间的劫数完成之后才能荣登仙位。

那女子听了仙子的话之后，怅然若失，想着两人的缘分，她便也想下去历练一番，等到两人的劫数都完了之后，再一起飞升成仙。但是仙子告诉她，石头在修炼成童子之后的这些日子里，还认识了其他人,这次他们都是一起下去历练的。也许他们两人的缘分浅,不一定会在人间相遇。女子觉得这是最后的机会,便义无反顾地下去历练了。

第一世两人未曾见过面。第二世,祖父带他来到了一个大富大贵之家,他看屋里的陈设,像极了自己家中的摆设。这日东家有喜,生下了一个白白胖胖的男孩,长得眉清目秀。只是这孩子也是淘气异常,素日里不爱学习,也总不大爱跟男子交往,总是穿梭往来在女人堆里。也正是因为他总是跟家里的姊妹丫鬟厮混在一起,常常惹得他父亲不高兴,对他总没好脸色,见到他的时候也总是吹胡子瞪眼的。

好在他们家的姐妹众多,竟比他家中的姐妹还要多,而且一个个都是花容月貌,天仙下凡一般。那一日,有个小表妹来了,那可真是九天仙女下凡尘,家里面的那些姐妹一下子就没有了颜色。这家的公子特别喜欢自己的小表妹,两人从小在一处,青梅竹马,两小无猜,好得就跟一个人一样。

偏偏在这时候,大表姐来了,大表姐风华绝代,雍容华贵,大气得体,与小表妹的小家碧玉全然不同,说不上谁好谁坏,只能算是各有千秋。公子偏重于自己的小表妹,可是家里的长辈似乎更喜欢大表姐，三个年轻人在感情的漩涡中，各自痛苦着。

　　与此同时，家中的其他姐妹也都是各有各的忧愁。她们在一处吟诗作对，谈天说地，终日里嘻嘻哈哈，好不快活的样子。但是外人只能看见她们的笑脸，却看不见她们的泪水与忧愁。

　　这些女孩的一生，终究逃脱不了家庭的枷锁。她们被迫成为家族利益和政治利益的牺牲品，不得不放弃自己的爱情和幸福，甚至赔上性命。那些可爱的女子们，她们有着自己的思想，才学不输男人，幻想能有一段美好的爱情。但女子的抱负理想，似乎是不被允许的，尽管她们奋力挣扎，但女人一生的悲哀却从未被改写。

　　世间最美的便是女子的笑颜，但世间的人却总在毁灭这种美好。大表姐来了以后，小表妹再也不似从前那般开心快乐了。家人给他和大表姐订了婚事，小表妹也另订了婆家。两个相爱的人，就这么被迫分离。小表妹日日愁肠，却也无能为力，婚姻大事不是自己能够做主的。而那个徘徊在两个女人之间的男人，此时也没了主意。他自然是爱着小表妹的，可父母的养育之恩比天大。就这样，好一段前世注定的姻缘，就这么散了。

　　人生自是有情痴，此恨不关风与月，上一辈子的约定，你未曾遵守，而我却从不曾忘怀。眼见着自己心爱的男子即将成为别人的丈夫，小表妹一天比一天憔悴消瘦，却始终不忍将所有的真相告诉他。她下凡尘的时候，用尽自己所有的道行，保留了前世所有的记忆。她从来都知道表哥就是那个在三生石畔与她有着夙世姻缘的男子。她下凡就是为了能够再续前缘，所以无论这个男子贫穷富贵，容貌美丑，脾气秉性好坏，她都无怨无悔，甘愿为此赴汤蹈火。只是表哥却被消磨了所有的记忆，再不曾记得两人的约定。在爱情与亲情之间，他选择了亲情。亲情，恩情，还有责任，这是他前世欠下的债，今生来还的。

对小表妹而言，表哥今生的情，就是她上辈子欠下的债，所以她必须用自己的一生来偿还。还好，表哥虽没有了记忆，却还记得情分，他虽然被迫与大表姐成婚，却仍旧爱着她。她的心中，得到了稍许安慰。

在相思成疾、郁郁寡欢的日子里，小表妹日渐憔悴，身体一日不如一日，最终病倒了。她带着前世的记忆，爱得无怨无悔，却也感受到了爱的尽头，留给她的是香消玉殒的命运，这是她的结局，也是她这一辈子的命，她心甘情愿接受着所有的劫。而他却忘记了所有。

那日，府里张灯结彩，为他与大表姐举行了一场订婚喜宴，家中人来人往，热闹非凡，谁都没有注意到，昔日的小表妹，如今缠绵病榻，已经奄奄一息。

到底他不是无情人，那夜，他还是偷偷来到小表妹的房中。他们是如此心有灵犀，在他靠近窗边的时候，她睁开了眼睛，微笑着。而他看到已经不成人样的小表妹，早已经是泪流满面，想说却说不出一句话来。她看着他，使劲全身的力气，好不容易蹦出了几个字："你到底还是忘了我们的约定，不过，也好，忘了才能接着过属于你的日子，莫要辜负了大好人生。"

他还是想不起他们有过什么他未曾兑现的约定，弥留之际，她微微动着自己的嘴唇："你可曾记得我是谁？石头哥哥，莫不是真的一点都不记得小草儿了吧？"

一听到这两个词，他头痛欲裂，似乎想起了什么，却又说不上来。他还想问，可是却再也没有机会了，因为她的体温正在慢慢变凉。他不敢撒手，也不曾号啕大哭。丫鬟们将这件事情通报了出去，很快他就被人拖离了房间。

从此他再也不敢靠近那个房间，入夜总是能够梦见那些早已远去的日子，他的生活开始变得平淡无奇。终于有一天，他结束了这一世的劫难，想起了三生石畔的小草。

看着这一切，曹雪芹的眼睛模糊了，他问祖父："他们会在第三世相遇么？"祖父笑而不答，携他继续前行，荆棘挡住了他们的去路，他想退缩，但是祖父告诉他，只有越过这片荆棘，才能到达三世情缘的彼岸。他信了，跟着祖父一起披荆斩棘，好不容易走过了荆棘丛，但却没有看到三世情缘。他有些不解，忙问："第三世呢？"

祖父告诉他，第一世是过往，第二世是今生，第三世则是未来，在不久的将来他自然会看到第三世。他还是念念不忘那个貌如天仙的小表妹，不由得问道："那女子能够获得自己想要的幸福吗，第三世会是美好的结局吗？"

祖父问他："你所要的第三世的幸福是什么？你希望那女子会有怎样的生活呢？"

"那自然是遇到一个知冷知热的男子，对她用心如一，绝不是像那个男子般忘记了前世的记忆，作孽作孽！"他着实看不上石头的行径，恨不能自己就是那个与她有三世情缘的人。

祖父忽然厉声呵斥道："蠢货！一辈子心心念念的就是儿女私情，能成什么事？你可知道在这红尘之中，不仅有男女之情，还有更多你该去做的事情,渡人渡己,方得大成。我领你来此,为的是让你有所感悟,而不是将所有的心思都花在儿女情长上。"

冷不丁被祖父这么一吓,他还真有一些促不及防,差点摔倒落入万丈深渊。好在祖父一把拉住了他。他再不敢说一句话,只乖乖地聆听祖父的谆谆教导,不敢有丝毫的懈怠。

祖父也不再大声呵斥他,只告诉了他天地间的因果关系,让他自己去领悟。

世人都晓神仙好,惟有功名忘不了!
古今将相在何方?荒冢一堆草没了。
世人都晓神仙好,只有金银忘不了!
终朝只恨聚无多,待到多时眼闭了。
世人都晓神仙好,只有姣妻忘不了!
君生日日说恩情,君死又随人去了。
世人都晓神仙好,只有儿孙忘不了!
痴心父母古来多,孝顺儿孙谁见了?

·青梅竹马·

如果说三生石畔的姻缘早已注定,那么曹雪芹的爱情也是一样。那一年,他的身边出现了他生命中最重要的一个人物——他的梅表妹,也是他的第一任妻子。《红楼梦》中,贾宝玉和表妹林黛玉产生了纯洁的爱情,两人从小一起长大,两小无猜。而现实中的曹雪芹也有一个表妹,表妹姓梅,跟林黛玉一样,梅表妹也是个爱哭的姑娘,所以曹雪芹也像贾宝玉对林黛玉一样,对这个表妹百般珍惜与呵护。不同的是,宝黛终究没有走上婚姻这条路,而曹雪芹却如愿娶了心爱的梅表妹。

那一年的春天来得格外早,才过了元宵节不久,天就已经慢慢转暖了。这天,曹家收到了一封书函,是他们的远房亲戚寄来的,说是难得今年的风光大好,他们一家打算南下,四处走走亲戚,顺便商量下两个孩子的婚事。他们家会将女儿也带上,让两个孩子先见见面。

在《红楼梦》中,贾宝玉生活在一个幸福的家庭,父母健全,还有祖母百般疼爱。而林黛玉的母亲早早离世，她孤身一人来到贾府，过着寄人篱下的日子。她的小心眼、多疑、爱哭的性格，似乎都与此有关。但在现实中，曹雪芹和梅表妹的情况却和宝黛截然相反。梅表妹父母健在，父亲也是做官的，虽然没有曹家家大业大，但也不差。但曹雪芹却生活在单亲家庭，缺失父爱。不过，家庭背景并没有影响他跟梅表妹之间的感情，也没有影响两人的婚事。

说起这段婚事，倒也没有什么稀奇的，这原是两家人一早就已经定下的。他们本就是亲戚，为了亲上加亲，就给两个孩子订了娃娃亲。只是当时不过就是口头约定，如今孩子们都大了，也该正儿八经把这件事情定一下。该有的礼节，需要的文书和物件，那也是一样都不能少的。而曹雪芹因为早已知晓自己跟这位素未谋面的表妹有婚约，常常会从家人的口中打探这位表妹的事情。

丫鬟们也总是拿这件事情开玩笑，说他这么个混世魔王，在家里习惯了无法无天的，现在小倒也罢了，没人跟他计较，一旦这位梅表妹进府之后，好好管教收拾他，看他以后还怎么放肆、胡闹。常有人跟他说，这位梅表妹也是个大家闺秀，家里的规矩自然是少不了的，到时候看见他这样子，一定是千万个不满意的，那时候就有他的好果子吃了。

人家不过就是跟他玩笑几句，他却当了真，每每听到家人议论梅家的事情，他便会凑上去问。长辈们总是安慰他，说梅家也是个诗书礼仪世家，他们家就这么一个女儿，自来都是当成男孩子来养的，琴棋书画、诗词歌赋也都没少教，怎么就会是个浑不赖的小姐呢，一定是知书达理的大家闺秀，让他放宽心。

一直以来，表妹的事情他都是从长辈口中听来的，如今马上就要见到表妹本人，他成了全府上下最忐忑不安的人。还记得那一日全府上下忙得脚不沾地，时不时便有人从外面传信进来，先是说表妹一行人等已经到了城门外，只过了片刻，于他却像是几个世纪那般漫长，一向最不爱应酬的他，今日却难得跟自己的祖母和母亲等人焦急地等候着。他来回不停跺脚，额头上的汗珠都快出来了，往日里家里来过那么多重要尊贵的客人，他都从未如此紧张过。须臾，又有人来报，说人已经到了大门口了，这时候的他恨不能长了翅膀当即就飞了出去，他迫不及待想看自己的表妹到底是怎样的美人。

看他如此这般焦灼不安，祖母拉了好几回之后，方将他拉在自己的身旁坐着。祖母让他安分着点，别如此这般调皮捣蛋的，吓坏了客人。在祖母的一番劝说下，他才渐渐安静了下来，但心中仍是激动不已。

　　此时，只见在几个女人的带领下，一个妇人慢慢悠悠走了进来。一见那女人，曹雪芹的心就凉了大半，他心想着，好歹也算是见过些世面的，家里也算不得贫寒，怎就一副乡村老妪状，就连自己家的这些个家生子的女人们，也比她强出不知道多少倍，这样的一个女人，能教出怎样的女儿呢？他后悔在这边接待客人了，若早知道是这样一副光景，他是断不会来的。

　　他是这样满心失望，他的祖母和母亲倒是热情得很，几个女人家长里短相谈甚欢，说着才提到了他们的女儿，祖母便问："可是一起来的，怎么没见到呢？"那妇人道："也不知这府里的规矩，小孩子家家的，怕不懂事，在外头候着呢。"

　　听如此说，祖母便即刻命人将小姐请了进来。《红楼梦》中，宝黛初见的时候也不过十岁上下，书中那一番对贾宝玉初见林黛玉时的描述，那种"这个妹妹我曾见过"的熟悉感，若说没有类似的经历，只怕神仙也写不出如此美妙的情境。也许宝黛的见面，正是他当年第一次见到梅表妹的情形。在梅表妹十四五岁的时候，曹雪芹第一次见到自己日后的妻子，那时候的梅表妹年纪虽小，却也早已有了美人的影子：

方离柳坞,乍出花房。但行处,鸟惊庭树,将到时,影度回廊。

仙袂乍飘兮,闻麝兰之馥郁,荷衣欲动兮,听环佩之铿锵。靥笑春桃兮,云堆翠髻,唇绽樱颗兮,榴齿含香。

纤腰之楚楚兮,回风舞雪,珠翠之辉辉兮,满额鹅黄。出没花间兮,宜嗔宜喜,徘徊池上兮,若飞若扬。

蛾眉颦笑兮,将言而未语,莲步乍移兮,待止而欲行。美彼之良质兮,冰清玉润,美彼之华服兮,闪灼文章。

爱彼之貌容兮,香培玉琢,美彼之态度兮,凤翥龙翔。其素若何,春梅绽雪。其洁若何,秋菊被霜。

其静若何,松生空谷。其艳若何,霞映澄塘。其文若何,龙游曲沼。其神若何,月射寒江。应惭西子,实愧王嫱。

奇矣哉,生于孰地,来自何方,信矣乎,瑶池不二,紫府无双。果何人哉?如斯之美也!

他见过那么多大家闺秀,却从未见过梅表妹这样的小家碧玉,他们家的女孩儿虽多,也没有一个及得上的,就连宫中的那些公主、皇亲贵胄家的公侯小姐,也是不及其万分之一。仅仅是在人群中那么匆匆一瞥，他的眼睛就再也不曾离开过这个梅表妹，他觉得这女子面熟，却又说不上来在哪里见过，只觉得面善。

《红楼梦》中，宝黛曾经一同住在贾母处，他们一个睡在里屋，一个睡在外屋，青梅竹马，两小无猜。虽然当初两人年纪尚小，还未曾开始谈什么儿女之情，但是他们当时的兄妹情深，渐渐发展成后来的儿女之情，那也是在情理之中的事情。宝玉爱着这个可爱的妹妹，掏心掏肺，恨不能把自己全部都给了妹妹的真心，也表达了曹雪芹对于梅表妹的一番深情厚谊。若没有这番深情，他也不会在梅家悔婚后那样肝肠寸断，生不如死。故而，可以想象出在梅表妹居住曹府的日子里，他的生活变得丰富多彩起来，他宛然一夕之间长大，再不似从前那般调皮胡闹。

从贾宝玉在林黛玉面前的小心翼翼可以想象到，曹雪芹在梅表妹面前应该也是谨小慎微的。虽然只是初见，但是他对这个未来的妻子很满意。想着梅表妹好不容易来自己家里一趟，而且又是第一次出远门，他就照顾得更加周到了。他带着表妹认识了缂丝、云锦、蜀锦等名贵的布料，给她看自己家里的奇珍异宝，跟她讲述江南的风土人情，请她品尝地道精致的江南美食。他恨不能将自己所知道的所有知识，自己曾见过的所有事物，都呈现到表妹的面前。

红楼一梦
入金陵

梅表妹自小就听母亲说,家中有这样的一门亲戚。曹表哥家境殷实,再加上曹家与皇帝的亲密关系,现又沿袭着江宁织造的职位,家中的好东西自然是少不了的。往日里两家也是有些来往的,这梅表妹虽说不曾见过这么精致秀美的针织手工,到底也是略知一二的。不过知道跟自己亲眼见到又差了很多,当她看到这么多美丽的物件,不觉暗暗惊叹,她每天跟着表哥看,听着表哥说,不觉对这个黑胖的男子心生仰慕。

看着表妹眼神中所流露出的那种敬仰,曹雪芹有些得意,他从小在织造府长大,对其中的针织女红之类自然是比别人知晓得多,便悄悄带着表妹去欣赏那些只有在宫中方能见到的衣裳料子。他悄悄拿着祖母的藏青色缂丝命妇服告诉梅表妹:"梅妹妹,你瞧这衣裳,别看这是如此普通,这来头可是不得了的呢,你可知道?"

梅表妹微微一笑回道:"我家小门小户,哪里比得上你们京城人士这般见多识广的,这其中的奥妙我自然是不清楚的,不过,在家的时候就常听父母亲说起,这京城的表哥家中奇珍异宝无数,你瞧着是普普通通的小物件,细说起来那都是大有来头的,你今日又如此这般说,可见这东西更不寻常了。你也别卖关子了,你且说来我听听,也好让我开开眼,日后说给那些没见过世面的小丫头听。"

曹雪芹便笑着说道："表妹惯会开玩笑的，我自小就听说表妹在家中一直以来都是当成男孩子养的，读书写字一样不少的，岂不知是书中自有一番道理，怎么又轮得上我这样的人说三道四呢，不过就是咱们在一处说说话，我与你解解闷罢了。"说着，一边比画着，一边说这件衣服的来历，"表妹你看，这衣裳的做工，与你日常所见的略有不同。这是缂丝手艺，通经回纬，你乍看着觉得只有经线，没有纬线呢，你再看这图案，比那些巧手绣娘绣上去的更加栩栩如生。不是我夸口呢，皇上身上那件龙袍的手艺，也就不过如此了。自然这不是最珍贵的，这衣裳与其他民妇的衣裳看着无异，但这是当年圣上赏赐我祖母的，所以也就格外珍贵了。"

曹家的繁荣她自然也是听说过的，当年皇帝下江南时的风光，虽不曾亲见，总也听家中的老人提起过。所以，梅表妹对曹家的事情自然也是如数家珍，她都是听着曹家的故事长大的，如今再听表哥这么一说，那就更是了，看这衣裳的做工样式，都是自己之前从未见过的。

两人就在祖母的房间中说开了，从衣裳说起，说到自小的一些经历，谈着谈着两人都有一种相见恨晚的感觉。经过这些时日的相处之后，他发现表妹是那么娇弱腼腆，而且爱哭，秉性柔弱如她，胆子也是小得很，禁不住一点点的惊吓。偏偏她又有些多愁善感，常常无事时，只看着花谢花飞都要伤心落泪的，更别说是被惊吓了。此时再看梅表妹，曹雪芹的心中多了一番怜惜之情，结合着之前种种，他免不得在《红楼梦》中忘情写下这么一段：

> 两弯似蹙非蹙笼烟眉，一双似喜非喜含露目。态生两靥之愁，娇袭一身之病。泪光点点，娇喘微微。闲静似娇花照水，行动如弱柳扶风。心较比干多一窍，病如西子胜三分。
>
> 宝玉看罢，笑道："这个妹妹我曾见过的。"贾母笑道："又胡说了，你何曾见过？"
>
> 宝玉笑道："虽没见过，却看着面善，心里倒像是远别重逢的一般。"

他自己都搞不清楚，为何这个远道而来、素昧平生的表妹，却让他感觉仿佛在世界的另一端遇到了另一个自己，她是如此懂得自己。只为了这一点，他就决定余生只对这一个女子好。

从此之后，他不再是那个肆意胡闹玩耍，在丫鬟堆里姐姐妹妹叫个没完，终日无所事事的富贵闲人了。他成了梅表妹的护花使者，他要让她不再流泪，要将自己知道的所有事物都告诉梅表妹。在别人面前，他是顽劣不堪的少爷，在梅表妹的面前，他就变成一个儒雅学士，他尽力让自己变成表妹喜欢的样子。从前的他心中何曾有过任何人，虽然是个遗腹子，却在万千宠爱中成长，所有人的目光都聚集在他的身上，而他的眼中却不曾有过任何人。现在，他的眼中有她，那个娇柔美丽的病美人，那个爱哭的梅表妹，是他一生的羁绊、一世的思念。谁说少年不懂情，曹雪芹就在懵懂的青春期，爱上了那个娇弱的梅表妹。从此，他与梅表妹朝夕相对。

曹府中藏书极多，两人经常在花园中漫步读书，那段宝黛共读《西厢记》的描写或许正是由此而来：

> 宝玉听了，喜不自禁，笑道："待我放下书，帮你来收拾。"黛玉道："什么书？"宝玉见问，慌的藏了，便说道："不过是《中庸》《大学》。"黛玉道："你又在我跟前弄鬼。趁早儿给我瞧瞧，好多着呢！"宝玉道："妹妹，要论你我是不怕的，你看了好歹别告诉人。真是好文章。你要看了，连饭也不想吃呢！"一面说，

一面递过去。黛玉把花具放下,接书来瞧,从头看去,越看越爱,不顿饭时,已看了好几出了。但觉词句警人,余香满口。一面看了,只管出神,心内还默默记诵。宝玉笑道:"妹妹,你说好不好?"黛玉笑着点头儿。宝玉笑道:"我就是个'多愁多病的身',你就是那'倾国倾城的貌'。"黛玉听了,不觉带腮连耳都通红了,登时竖起两道似蹙非蹙的眉,瞪了一双似睁非睁的眼,桃腮带怒,薄面含嗔,指着宝玉道:"你这该死的,胡说了!好好儿的,把这些淫词艳曲弄了来,说这些混账话欺负我。我告诉舅舅、舅母去!"说到"欺负"二字,就把眼圈儿红了,转身就走。宝玉急了,忙向前拦住道:"好妹妹,千万饶我这一遭儿罢!要有心欺负你,明儿我掉在池子里,叫个癞头鼋吃了去,变个大忘八,等你明儿做了'一品夫人'病老归西的时候儿,我往你坟上替你驮一辈子碑去。"说的黛玉"扑嗤"的一声笑了,一面揉着眼,一面笑道:"一般唬的这么个样儿,还只管胡说。呸!原来也是个'银样镴枪头'。"宝玉听了,笑道:"你说说,你这个呢?我也告诉去。"黛玉笑道:"你说你会'过目成诵',难道我就不能'一目十行'了?"
宝玉一面收书,一面笑道:"正经快把花儿埋了罢,别提那些个了。"二人便收拾落花。

对于梅表妹而言,曹雪芹是如此博学多才又风趣幽默的一个人,他总是有着与众不同的思想,他是人们口中的纨绔子弟,但是他的身上却没有那种富贵公子的狂傲,反而有一种孩子般的纯净。梅表妹从未见过这样的少年,他明明含着金钥匙出生,却平易近人,处处喊人姐姐妹妹的,没有半点架子。他还很好学,总是带着梅表妹去书房看书,两人就像是小耗子跌到了米堆里一般,偷偷摸摸却又意犹未尽。因此有了那个著名的耗子精的故事:

"扬州有一座黛山,山上有个林子洞。"黛玉笑道:"这就扯谎,自来也没听见这山。"宝玉道:"天下山水多着呢,你那里都知道?等我说完了你再批评。"黛玉道:"你说。"宝玉又诌道:"林子洞里原来有一群耗子精。那一年腊月初七老耗子升座议事,说:'明儿是腊八儿了,世上的人都熬腊八粥,如今我们洞里果品短少,须得趁此打劫些个来才好。'乃拔令箭一枝,遣了个能干小耗子去打听。小耗子回报:'各处都打听了,惟有山下庙里果米最多。'老耗子便问:'米有几样?果有几品?'小耗子道:'米豆成仓。果品却只有五样:一是红枣,二是栗子,三是落花生,四是菱角,五是香芋。'老耗子听了大喜,即时拔了一枝令箭,问:'谁去偷米?'一个耗子便接令去偷米。又拔令箭问:'谁去偷豆?'又一个耗子接令去偷豆。然后一一的都各领令去了。只剩下香芋。因又拔令箭问:'谁去偷香芋?'只见一个极小极弱的小耗子应道:'我愿去偷香芋。'老耗子及众耗见他这样,恐他不谙练,又怯懦无力,不准他去。小耗子道:'我虽年小身弱,却是法术无边,口齿伶俐,机谋深远。这一去,管比他们偷的还巧呢!'众耗子忙问:'怎么比他们巧呢?'小耗子道:'我不学他们直偷,我只摇身一变,也变成个香芋,滚在香芋堆里,叫人瞧不出来,却暗暗儿的搬运,渐渐的就搬运尽了,这不比直偷硬取的巧吗?'众耗子听了,都说:'妙却妙,只是不知怎么变?你先变个我们瞧瞧。'小耗子听了,笑道:

'这个不难，等我变来。'说毕，摇身说：'变。'竟变了一个最标致美貌的一位小姐。众耗子忙笑说：'错了，错了！原说变果子，怎么变出个小姐来了呢？'小耗子现了形笑道：'我说你们没见世面，只认得这果子是香芋，却不知盐课林老爷的小姐才是真正的"香玉"呢！'"

两人也会随着大人一起看戏，想着书中那些精彩无比的字句，听着戏台上的角儿们唱着抑扬顿挫的曲子，那些缠绵悱恻的爱情故事，大气磅礴的历史演义，总是令人难以忘怀。他爱着娇羞的梅表妹，也爱着那段青葱岁月中曾经一起看过的戏文，所以后来在写作《红楼梦》时，总是情不自禁地插入一些戏曲的描写：

这里黛玉见宝玉去了，听见众姐妹也不在房中，自己闷闷的。正欲回房，刚走到梨香院墙角外，只听墙内笛韵悠扬，歌声婉转，黛玉便知是那十二个女孩子演习戏文。虽未留心去听，偶然两句吹到耳朵内，明明白白一字不落道："原来姹紫嫣红开遍，似这般都付与断井颓垣。"黛玉听了，倒也十分感慨缠绵，便止步侧耳细听。又唱道是：

红楼一梦
入金陵

"良辰美景奈何天,赏心乐事谁家院。"听了这两句,不觉点头自叹,心下自思:"原来戏上也有好文章,可惜世人只知看戏,未必能领略其中的趣味。"想毕,又后悔不该胡想,耽误了听曲子。再听时,恰唱到:"只为你如花美眷,似水流年。"黛玉听了这两句,不觉心动神摇。又听到"你在幽闺自怜"等句,越发如醉如痴,站立不住,便一蹲身坐在一块山子石上,细嚼"如花美眷,似水流年"八个字的滋味。忽又想起前日见古人诗中,有"水流花谢两无情"之句;再词中又有"流水落花春去也,天上人间"之句;又兼方才所见《西厢记》中"花落水流红,闲愁万种"之句,都一时想起来,凑聚在一处。仔细忖度,不觉心痛神驰,眼中落泪。

多情公子痴情女,他们在最美的岁月中相遇,彼此爱恋着,再加上两家长辈的极力撮合,这门婚事也就定下了。只等他们到了适婚年纪,好成全这一天作之合,这可真是:

一个是阆苑仙葩,一个是美玉无瑕。若说没奇缘,今生偏又遇着他,若说有奇缘,如何心事终虚化?

　　一个枉自嗟呀,一个空劳牵挂。一个是水中月,一个是镜中花。想眼中能有多少泪珠儿,怎经得秋流到冬尽,春流到夏!

山雨欲来

世代荣耀，无上繁华，曹雪芹的曾祖父曹玺从一个默默无闻的包衣奴才，一步步登上了权势的高峰。曾经的曹府门庭若市，来往的都是达官显贵，加上曹家与皇帝的亲密关系，江宁织造与苏州织造、杭州织造强强联手，在江南一带，这三大家族固若金汤，这也正是《红楼梦》中护官符的由来：

> 贾不假，白玉为堂金作马。阿房官，三百里，住不下金陵一个史。东海缺少白玉床，龙王来请金陵王。丰年好大"薛"，珍珠如土金如铁。

曹寅的年代是荣耀的，也是有福的，他平步青云，光宗耀祖，完成了完美的转变，同时这也是祸的开端，因为父亲曹玺的关系，他成了康熙最信任的侍卫，将曹家推到了繁华鼎盛的高峰，但这也使得曹家开始走向下坡，乃至最后走向毁灭。

曹寅从来都不是官场上的人，他的风光无限，靠的是皇帝的信任，而不是他真的懂得为官之道。与其说曹寅是官，不如说他是个了不起的文人。同样是康熙身边最亲近的侍卫，他跟纳兰出奇地相似。他们都是富家子弟，相比在朝为官，他们都更愿意做一个文人墨客。纳兰是清朝第一词人，曹寅应该算得上是清朝一大收藏家。

他是一个文人，就如同世间最美的情郎纳兰容若一般，他们的文才、他们的品味是那样的卓著。至于官场，他则大有一种心有余而力不足的感觉，而作为心腹的曹家又必须要为皇家鞠躬尽瘁。他有忠心，他也有才华，但这与官场却有些格格不入。不可否认，曹寅是一个出色的文人，也是一个忠心的臣子，但却不是一个合格的官员，对于为官之道，他是渎职的。他没有办法填补多年的亏空，反而是在他的手里亏空越来越大。当时的曹府就如贾府一般，早就已经是外强中干了，多年的亏空是还不上了。聪明如他，自然也是知道关系再好，公就是公，康熙能保护得了曹家一时，却保护不了一世。自己犯下的错，总也要自己来解决的。他想方设法，苦思冥想，怎么都想不出一个解决之道。他既没有什么敛财之道，也做不到停止亏空，他已经走上了这条不归路，也只能一路走到底。在强大的心理压力下，他最终还是倒下了。

天妒英才，曹寅英年早逝，一家人伤心难过到了极点。康熙也一度沉浸在悲痛之中，亏空的事情暂时压了下来，曹府还是一如既往地维持着一副空架子。曹颙接任江宁织造后，康熙还是顾念旧情的，毕竟这个孩子是宠臣的儿子，也是曾经的保姆唯一的孙子，他对曹颙的感情还是蛮深的，对于曹家的亏空依旧是睁只眼闭只眼。只可惜曹颙是个命不长的，接手江宁织造局没多久，便因病早逝。他也许是跟父亲一样，承受不了巨大的亏空压力，积郁成疾，最后走上了父亲的老路。曹颙一死，曹玺这一脉算是断了根了，虽然马氏的肚子里还有个遗腹子，但谁也不知道这孩子是男是女，就算是个男孩，一个还未出世的奶娃娃也不可能接任这个职位。所以只能用另一个方法，在曹氏家族中找一个子侄过继给李氏，让他继续接任江宁织造一职。这个烫手的山芋最终落在了曹頫的手上，所有的责任也全部到了曹頫的身上。

曹頫战战兢兢接手了官职，也接手了亏空的曹府。他又何尝不知道自己的路不好走，他也想能够把亏空填补上。只是这亏空就像是一个长了脓的毒瘤，只会越来越大，仅仅几年的光景，亏空就已经大到了曹家无法负荷的地步。

那一年因李煦、曹頫拖欠卖人参的银两，内务府奏请康熙，严令李煦、曹頫必须在年底之前将拖欠的银两交清，否则就严加惩处，康熙当即就批准了。显然，这与康熙以前对曹寅的态度，已是截然不同了。雍正上台以后，接连颁布谕旨，在全国上下彻底清查钱粮，追补亏空。他一再表示：我不能再像父皇那样宽容了，凡亏空钱粮官员一经揭发，立刻革职。仅雍正元年，被革职抄家的各级官吏就达数十人，与曹家既是亲戚又患难与共的苏州织造李煦，也因亏空获罪，被革职抄家。但一开始雍正并没有把曹家与李煦一起治罪，而是允许他将亏空分三年还完。曹頫自身的亏空尚未补完，又增加了曹寅遗留的亏空，只好多方求人托人。雍正为防止有人吓唬敲诈曹頫，特地向曹頫下达指示：乱跑门路，交结他人，只能拖累自己，瞎费心思力气买祸受；主意要拿定，安分守己，不要乱来，否则坏朕名声，就要重重处分，谁也救不了你！雍正皇帝的这个朱批特谕，对曹頫还是出于好意的。雍正六年，曹寅嗣子曹頫终因经济亏空、骚扰驿站、转移财产等罪革职抄家，两手空空迁回北京老宅。此后，家族迅速败落。乾隆年间，曹家子孙流散。

昔日的曹家风光不再，对于曹雪芹来说，童年的美好记忆是如此短暂，短暂到他还没来得及体会这繁荣昌盛，便在一夕之间从天堂掉进了地狱，从此，他便开始了漂泊不定的生活。

红楼一梦

入金陵

他怎么也忘不了那一日,一群人闯进了他的家门,那些带刀的侍卫如强盗般在他家中肆意翻找,众人的神情凝重,眼神中充满着恐惧,他们告诉他,这叫抄家。他也不哭闹,只是呆呆地看着,等待命运的安排,等待世间的轮回,让他去到他该去的地方。时隔多年之后,他提笔写起《红楼梦》,那一幕仍旧如同刚刚发生过一般,在他的脑海中清晰地浮现。这正是:

陋室空堂,当年笏满床。衰草枯杨,曾为歌舞场。蛛丝儿结满雕梁,绿纱今又糊在蓬窗上。

说什么脂正浓,粉正香,如何两鬓又成霜?昨日黄土陇头送白骨,今宵红灯帐底卧鸳鸯。

金满箱,银满箱,转眼乞丐人皆谤。正叹他人命不长,那知自己归来丧!训有方,保不定日后作强梁。

择膏粱,谁承望流落在烟花巷!因嫌纱帽小,致使锁枷扛;昨怜破袄寒,今嫌紫蟒长。

乱烘烘,你方唱罢我登场,反认他乡是故乡。甚荒唐,到头来都是为他人作嫁衣裳。

· 偷梁换柱 ·

带着满身的耻辱,一路的疲惫,小小年纪的曹雪芹就这样跟着家人回到了北京的老宅。没有宽敞的大厅,没有花红柳绿的后花园,也没有穿红着绿的小丫鬟,有的只是一片萧索。这座老宅子已经很久没有人居住了,只剩下一屋子的陈旧,在这样的破旧中看不到一丝昔日的繁华。

从《红楼梦》的细节可以想象,虽然抄家时曹雪芹年纪尚小,但也正因为如此,在去京城的一路上,落寞的他从一个无忧无虑的单纯少年,迅速成熟了起来。

过惯了锦衣玉食生活的曹雪芹,一点都不适应北京的生活。他生在江南,长在江南,早已经习惯了南方的温暖气候,一时间难以适应北方的寒冷天气。他所要面对的是人情薄,世态凉,如废墟般的生活,在那里一切都要从头开始,他不再是富家公子,而是个落魄少爷。

曹家的衰败,直接影响了曹雪芹的婚事。后人循着《红楼梦》

和历史上的一点蛛丝马迹，补全了曹雪芹和梅表妹的曲折爱情故事。

曹家落败以后，曹雪芹的心境一时间发生了很大的变化。他的孤傲，他的高贵，他的自信，都在一夕间化为乌有。他刚刚开始学着适应清贫的生活，却被另一件事情推入了痛苦的深渊。他没想到梅家父母如此势利，一见曹家被抄家，再没了往昔的富贵和荣耀，便有了悔婚的念头，不愿将女儿嫁过来。

当年，梅表妹被接走的时候，他依稀记得双方的长辈曾经约定，来年这个时候，梅家还会带着女儿到曹家做客。眼看着一年的期限就要到了，他们从南京一路风尘仆仆来到了北京，安顿好了所有的一切之后，送信请梅家过来，但他左等右盼，也没把梅表妹盼来。

曹家人这时明白了，梅家是看着他们家没落了，所以急于想要撇清两家的关系，从此断了联系，这样的势利小人，曹家见多了，也不在乎。毕竟世人多是锦上添花，少有人雪中送炭的，人情冷暖不过如此，只能习惯。而曹雪芹虽然明白这其中的道理，却怎么也不能释怀，毕竟他和梅表妹早已经两情相悦，终身相许了。

此刻他殷殷期盼着表妹能够来到自己的身边，一解相思之苦，可是梅家父母的态度是那样的决绝，让他苦恼。家人为了安慰他，只能说是表妹年纪尚小，家里人舍不得，要多留几年。

在《红楼梦》中，那一日林黛玉进了贾府，宝黛第一次见面时，贾宝玉曾经天真地问这个天仙妹妹是否有玉，而林黛玉直爽地说玉是稀罕物，又岂是人人都有的，她没有。贾宝玉一怒之下竟然要将自己的玉摔了，吓得屋子里的人只能哄他，说林妹妹的母亲舍不得妹妹，所以留了一件贴身的物件相伴，只当是妹妹陪着母亲罢了，这才哄好了贾宝玉，把那通灵宝玉重新戴了回去。

贾宝玉当时不过是个泡在蜜罐子里的小娃娃，自然也就相信了众人的哄劝，而曹雪芹早已经不是当年那个什么人情世故都不理会的奶娃娃了。他经历了家族的变迁，从天堂一路掉进了地狱，他看透了人情冷暖，早已经习惯了别人的冷嘲热讽，那些拜高踩低的事情他经历得太多了。所以面对家人的安慰，他也只能苦笑。他怎会不知道梅家夫妻俩向来嫌贫爱富，是不会将表妹嫁给自己的。但为了宽慰家人的心，他还是点点头，装作自己信了，从此不再多问表妹的事情。

却说这梅家夫妻俩，想当初曹家家大业大，他们便上赶着要将女儿嫁过来，所以才趁着年节带女儿过来拜访，约定好了这门亲事，可谁知这曹家出了事情，他们唯恐牵累了自家，又因为曹家已经破败，穷困潦倒，便不想再认这门亲事。但他们又碍着面子，毕竟当时是自己非要定下这门亲事的，如今退婚恐落世人话柄，得个不仁不义的名声，所以他们一直忍着，只不来往，希望曹家能有自知之明，主动退婚。曹家人自然也明白梅家的意思，无奈曹雪芹情根深种，尽管多年间不曾往来，但他始终不曾忘记梅表妹，所以到了适婚的年纪，他还是厚着脸皮上门提亲了。

眼见拖了这么久，曹家还是没有主动退婚，反而上门来要人，梅家又想出了新招。梅家夫妻对上门提亲的曹雪芹说，古来婚姻大事除了父母之命、媒妁之言，还要纳吉，合一下两人的八字，看看是否是命中注定的缘分，是否能够结合在一起。曹雪芹只得依言照办。

结果，梅家夫妻一口咬定，说请批阴阳八字的先生算了，曹雪芹和自己的女儿八字不合，男的"妨"女的，女的克男的，结了婚，不出仨月，就有血光之灾。曹雪芹明知是推托之辞，又有什么办法呢？只好带着愤懑离开梅家。

但曹雪芹心中始终放不下表妹，他想着两人一同商量，说不定还能商量出个主意来。可是见表妹一面谈何容易，梅府庭院深深，高墙耸立,如在两人间隔了一条银河,就连请人送个口信也比登天还难。

这边曹雪芹急得手足无措,那边梅表妹却什么都不知道,当是父母已经跟表哥商量好了婚期,只等得那一日八抬大轿、凤冠霞帔,伴着爆竹声声,喜气洋洋进入曹家大门,等着做他的新嫁娘。

而她的父母,一早就知道女儿对曹雪芹情根深种,那份情意不是说拆就拆散得了的。起初他们为此感到庆幸,既攀上了这样的富贵人家,女儿还能获得这样一份真情,于长辈和小辈都是好得不能再好的大喜事。可是如今,曹家家道中落,他们早就已经没有了结亲的意思,女儿的一片痴心,便是他们攀龙附凤路上的绊脚石。知道这丫头是个认死理的,现在让她知道退婚的事情,只怕误了大事不说,还会闹出什么事情来,所以她的父母绝口不提退婚的事,只对女儿说已经在商讨婚期了。

这边梅表妹一无所知,被关在深宅大院,那一边曹雪芹为了婚事着实犯了难。他绞尽脑汁,思来想去,最后决定找好朋友鄂比帮忙。这鄂比虽是官宦子弟,却一点也不势利,他知道曹家遭了难,不但没有躲得远远的,反而还经常帮帮曹雪芹的忙。

当他知道了曹雪芹的困境之后,没有像曹雪芹那般着急上火,

红楼一梦 入金陵

只是微微一笑说："莫急莫慌，心急吃不了热豆腐。"看他一副胸有成竹的神情，曹雪芹以为他已经想出了法子，便急忙询问。但鄂比故意卖关子，怎么都不肯说。只说让他回家好好休息，做好准备做新郎就是了，其他的什么都没说。

曹雪芹也没有多问，就这么乖乖回到了家中，想着与表妹双宿双栖的那一天。而这鄂比呢，在曹雪芹回家后就直接到了梅家，也不为曹雪芹讨回公道，也不问为什么退婚，而是带了丰厚的彩礼，上门就求亲了。这梅家的父母，看到是鄂比来提亲，自然是笑得合不拢嘴，二话不说就把这桩婚事给应了下来，也不提合八字的事情了。他们对鄂比阿谀奉承，而关于婚礼的细节，都由鄂比做主，他们没有任何意见。

鄂比还对梅家夫妻千叮咛万嘱咐，说他跟曹雪芹是好朋友，自然也知道梅小姐与曹雪芹之间的事情，也知道两人都是深深爱着对方的，不过这婚姻大事从来也不是自己能做主的，更谈不上什么情呀爱呀的。只是两人既然有情，自然要因为这情生出许多的事故来，为了将大事化小，小事化了，太太平平办完婚事，他要求梅家的父母在梅小姐面前绝口不提鄂比的事情，只说是跟曹雪芹结婚，让她好好准备就完了。

梅家的父母自然知道女儿的脾气，他们也怕把事情闹僵了，本也有这方面的意思，却不敢开口，现在既然鄂比说了，他们哪有不答应的道理。

这边再说说曹雪芹，他第一次将自己的一颗心交给一个人，所以无论如何也不肯轻易放弃梅表妹。回家后的曹雪芹满心欢喜，一方面欢喜自己和梅表妹的事情又有了希望，另一方面也为自己有一个这么仗义的朋友感到高兴。只是，没过几天，曹雪芹就听到表妹即将嫁人的消息，而新郎竟然是自己的好朋友鄂比。

他本以为表妹对自己情深义重，不会轻易嫁别的男子，没想到也会如此嫌贫爱富。更让他寒心的是，他把鄂比当作自己最好的朋友，他如此信任他，才会请他帮忙，没想到他居然背着自己做出这样断情绝义的事情，完全不顾两人之间的兄弟情义。

他觉得自己好像做了一个美梦，梦醒了却发现自己最爱的人和最信任的人，都背叛了自己。曹雪芹在家中郁郁寡欢，不言不语。他多少次想着这件事情不能就这么算了，说什么都要找鄂比算账，但又想想自己如今的处境，拿什么跟鄂比斗呢。如此想着，曹雪芹心中的苦闷难以抒发，难免积郁成疾。

就在他心如死灰之时，却收到了鄂比送来的请柬，还有一封信。

曹雪芹一气之下看也没看就把请柬给撕毁了。正打算将信件也撕毁的时候，那送信的人忙说，他家少爷嘱咐了，无论如何都要请他先看了信再说，里面有很重要的话。他勉强打开了信，只有几个字："内有隐情，请一定要赴宴，否则后悔终生。"

事情已然到了最糟糕的地步了，没有什么比这更糟糕的了，曹雪芹决定去看一看。他如约来到了鄂比的府中，还未来得及兴师问罪，鄂比就热情出迎，花轿到来后，鄂比又把他硬拉到屋里，把自己身上的新郎服装脱下，给他换上。曹雪芹说："你这是干吗？"鄂比说："废话，本来就是你的妻子，我能要吗？快出去拜天地。"曹雪芹这才明白是怎么回事儿。

回到前庭，鄂比大声对惊愕不已的宾客说："各位亲友，这位梅小姐，自小就与曹先生订了婚。可她父母财迷心窍，想悔婚。因此，我就干了件荒唐事，把梅小姐骗到了这里。各位亲友，请评说评说，我做得对不对？"

亲友们早就知道梅小姐与曹雪芹的事儿，听说鄂比要娶梅小姐，私下也曾议论过鄂比不够义气，这下明白了事情的原委，大家都十分佩服鄂比。

吉时已到，曹雪芹和表妹在乐声中结拜天地，一切都是鄂比操办的。入洞房后,曹雪芹向表妹说了事情的前后经过,梅小姐先是喜极而泣,后是害怕,因为她一直认为,是曹雪芹娶她,没想到,这中间还有那么多的曲折。

鄂比的调包计成全了曹雪芹的一段金玉良缘,而在《红楼梦》中,凤姐的调包计却使得林黛玉魂归离恨天,贾宝玉遁入空门。由此看来,曹雪芹要比贾宝玉幸运得多,这可真是一波三折抱得美人归,终于不负旧情不负卿,一对鸳鸯鸟就此可以双宿双飞,羡煞旁人了:

岂是绣绒残吐,卷起半帘香雾。
纤手自拈来,空使鹃啼燕妒。
且住,且住,莫使春光别去。

红楼一梦 入金陵

· 风月宝鉴·

　　一个人，三生情，曹雪芹的一生充满了跌宕起伏。他含着金钥匙出生，那些年曹家的光辉荣耀，他看在眼中，听在耳里。繁华鼎盛，备受皇恩，曾经的曹家让无数人艳羡不已。过去，一桩桩，一件件，好像仍在眼前，但又仿佛不经意间早已过了千百年。如今的他如同过街老鼠般，虽说不上是人人喊打，也是众人唯恐避之不及。

　　过去的种种犹如南柯一梦，梦中金银满屋，数不尽的风光。曹府日日门庭若市，今日圣旨，明日赏赐，好一场黄粱美梦。梦醒时分，早已不在烟雨江南，曹雪芹眼见着处处都是人情淡薄。那些口口声声叫着爷的人，如今早已不知去向，北方的天气真是冷，冷风刺骨，吹得人心也冷了，"一年三百六十日，风刀霜剑严相逼"，那天空刮着的不是风，而是一把把的尖刀，刺得人心口直流血。

　　"表哥，安好。"于他而言，这便是世间最美的情话，最暖心的抚慰，只为这一句，他忍受再多的白眼都无所谓。他人生最大的愿望便是跟自己的梅表妹长相厮守，曾几何时，他以为自己的表妹会离他远去。可是表妹还是一如既往地钟情于他,只等着长发及腰时,做他的新嫁娘。

他满心欢喜等着那一天,花轿抬着表妹来到这个破落不堪的旧宅,那是唯一一个能够让他喜笑颜开的梦。他以为这是个睁开眼就可以实现的梦,却不曾想,历经了千辛万苦才实现。在鄂比的帮助下,他如愿以偿娶到了自己朝思暮想的表妹。

经历种种之后,他也体会到了功名的重要性,尽管曾经的他是那么讨厌仕途经济,但他还是开始学着应酬,开始跟一些富贵公子往来。他能够凭借的已经不是他那显赫的家世背景,而是他的博学多才。成家之后的他挑起了家庭的重担,他要担负的不仅仅是自己的妻子,还有母亲、年迈的祖母,以及一家人所有的希望。他的傲气和任性被无情的现实渐渐磨平了,不知何时,他早已经不再是如贾宝玉一样无所事事的公子哥儿了。那种纨绔子弟的生活离他越来越远,他没有这样的资本。

于他而言,最美不过是记忆中的美,年少的奢华生活给他留下了深刻的印象,他之后所做的所有努力,不过是想着要恢复当年的繁华,而他越是长大,越是不敢回忆。我们所看到的是一部美人韶华永存的《红楼梦》,而他却在美中看到了残酷,看到了人性的肮

红楼一梦
入金陵

脏。写作《红楼梦》的过程，也是他努力回忆过往的过程。

婚后的他再一次回想从前的时候，已经不再贪恋当年那种无忧无虑的生活，而是在这回忆中懂得了人情世故。当他开始慢慢接受现在的生活时，回忆给了他一种灵感，经历了很多人未曾经历的大起大落之后，他便想着将自己的所见所闻及感悟写成一部书。一开始，他将这部书命名为《风月宝鉴》，因为他最初的想法不过是想写写男男女女那些事，写写他所遇到的，或者所听说过的那些美丽女子的故事。

当然他还有一种更加世俗的想法，考取功名，但为官做宰对曹雪芹来说实在是太难了。这时候他的想法是写一部书，他想要这些富贵闲人们都知道他，想要借此青史留名。他博览群书，《金瓶梅》《西厢记》《牡丹亭》《南柯记》《凤求凰》等早已经烂熟于心，而他要写的这部书要与众不同，这些女孩子们要博学多才，要有像李清照、薛涛、蔡文姬、班婕妤等人的才情，还要有赵飞燕、杨贵妃、妲己、褒姒等人的魅，但又不能妖，要真实接地气，能够在现实中找到原型。

他结合所知所见所想，将所有好的坏的都融合在了一起，写出了一群美丽的女孩子们。他把女孩子们的生活写活了，但又觉得只写女孩子不够写实,也不够吸引人,没有情和欲的小说谁会去看,闲书与正经书籍最大的区别不就是它的情和欲的展现吗?于是,他将自己所遭遇到的,或者是所听到的关于情和欲的故事也写到了书中。他的书写尽了美丽的女子,也写完了世间的情和欲,这其中,有两情相悦的,有逼良为娼的,有强买强卖的,也有所谓的门当户对,等等。

根据这样的思路,他将自己的书命名为《风月宝鉴》,一语点出了书中的那些情和欲,引起了富贵闲人们的关注。当然这区别于当时的情色书籍,他在书中运用大段大段的诗词歌赋,展现了自己的文学才华,他用文字描绘出自己曾见过或不曾见过的美人美景,他写下过去整日吟诗作对的快乐日子,写下他曾经见过的美丽服饰,他曾经住的那个大院子,还有过去与他朝夕相处的美丽女孩们。他将自己的追求、自己的过去都化作文字,写进了《风月宝鉴》:

粉堕百花洲,香残燕子楼。
一团团、逐队成球。
飘泊亦如人命薄,空缱绻,说风流。

065

红楼一梦
入金陵

草木也知愁,韶华竟白头。

叹今生、谁舍谁收!

嫁与东风春不管,凭尔去,忍淹留!

·人情练达·

　　浮生若梦，梦中满是那怎么都抹不掉的金陵盛世，再也回不去的江南风光。幼年的荣华富贵如同一个海市蜃楼的梦境，他经历过，却又觉得恍如隔世，短短几年的光景，他经历了世间所有的悲欢离合。他出生前父亲便已经去世，本属于他的家业落到叔伯的手中，他无能为力，但他也从没有为此忧虑过，就如同贾宝玉说的，再怎样也不会少了他们的。祖母在，母亲在，祖上的基业在，财富依旧是他的。

　　这样浑浑噩噩的日子还没过多久，他们就遭遇了抄家，当时的他还不懂人情世故，只记得家里来了一帮人，全都凶神恶煞。午夜梦回的时候，这些人的脸，就变成他梦中最恐怖的恶魔，他们如同强盗般抢掠，一幕幕构成了他一生抹不掉的阴影。从富贵到落魄只是一夜之间的事情，快得就如同天上转瞬划过的流星一般。

　　青梅竹马的表妹，就是他一生的追求，那是他一生中最美的一个梦，他一直都不忍醒过来的梦。但是现实就是如此残酷，世态炎

067

凉，他最后的一个美梦也被打破了。为了能够跟表妹在一起，他辗转奔走，费尽心机，最后却还是无功而返。若不是他的朋友，他一辈子都不可能跟他的表妹在一起。

他感激他的朋友，也并不想过多责备他的岳父岳母。经过这些年的风风雨雨，他早就已经不是当年江宁织造府中那个贵公子了。现在的他渐渐懂得了人情世故，也知道了世风日下最是平常，他们只是做了最平常的一件事情，而自己的一败涂地则是这一切悲剧的起源。

他知道想要改变现状的唯一方式就是改变自己的身份。只是如今一介布衣的他，还有什么资格谈什么高官厚禄？祖上的荫庇，在当年是一种幸运，到了他这一辈则变成了负担。雍正的一道圣旨，几乎就断送了曹家的科举之路，在这风口浪尖上，又有谁敢对他们一家伸出援助之手呢？而他唯一的特长就是写文章，一如他在《红楼梦》中，借石头之口，讲出了他写这本书的目的：

> 我想历来野史的朝代，无非假借汉、唐的名色；莫如我这石头所记，不借此套，只按自己的事体情理，反倒新鲜别致。况且那野史中，或讪谤君相，或贬人妻女，

奸淫凶恶，不可胜数；更有一种风月笔墨，其淫秽污臭，最易坏人子弟。至于才子佳人等书，则又开口"文君"，满篇"子建"，千部一腔，千人一面，且终不能不涉淫滥。在作者，不过要写出自己的两首情诗艳赋来，故假捏出男女二人名姓，又必旁添一小人拨乱其间，如戏中的小丑一般。更可厌者，"之乎者也"，非理即文，大不近情，自相矛盾。竟不如我这半世亲见亲闻的几个女子，虽不敢说强似前代书中所有之人，但观其事迹原委，亦可消愁破闷；至于几首歪诗，也可以喷饭供酒。其间离合悲欢，兴衰际遇，俱是按迹循踪，不敢稍加穿凿，至失其真。只愿世人当那醉余睡醒之时，或避事消愁之际，把此一玩，不但是洗旧翻新，却也省了些寿命筋力。不更去谋虚逐妄了。

曾经沧海难为水，富贵对于他而言就是如此。他曾经登顶过，所以他看过最美的风景，也同样遭遇过最残酷的现实。小小年纪就不得不洗尽铅华的曹雪芹，早已蜕变成了一个世俗人。童年的他如同贾宝玉一般，在百花丛中穿梭，锦衣玉食从来不会间断，他可以无忧无虑做自己。那时候的他享受着世人羡慕的优渥生活，却还在那里为赋新词强说愁，想着这并不是他真正想要的生活。他抗拒着八股，抗拒着为官做宰的生活。

而如今，他已经不再是那个懵懂的少年，他也做不到贾宝玉那样，放下父母和家庭，遁入空门。那是他的一个梦，或者说那是别人安在他身上的一个梦。在未曾经历过这些变故的时候，他就是贾宝玉，在童年的时候，他在女孩子中嬉戏游玩，他爱着一切美好的事物，爱所有待字闺中的女儿家。而在他经历过一番磨难之后，他已然不再是书中那个翩翩少年郎，也不是那个为了林妹妹可以出家当和尚的宝哥哥。

当他拥有过一切，却又看到一切在他眼前消失，这比从未拥有过更让人难以接受。经历过人情冷暖之后，他深刻体会到钱权给人带来的快感。他用他仅有的一技之长开拓自己的人际关系。他曾经是纨绔子弟，所以他太清楚这些纨绔子弟的兴趣爱好了。他在强权富贵中择友，他认识了鄂比，认识了爱新觉罗·敦敏和爱新觉罗·敦诚等皇亲国戚，也认识了命运坎坷的张宜泉等人。这些人造就了他笔下跟贾宝玉交好的北静王、冯紫英、卫若兰等，同时又不似薛蟠这般腹中草莽的纨绔子弟。他们给了曹雪芹创作的灵感，同时也在经济上支援着他，他们的出现给了他更多的创作空间。

《红楼梦》太过真实，即便是到了现在，再去看书里的故事，联系着生活中的点点滴滴，看着自己身边的人来来去去，依旧觉得那三百多年前写下的故事，似乎就是在预示着我们现在的人生。把红楼的故事放在职场，放在家庭中，放在当今的社会去看，你会发现你的人生也就是这样的一个走向，有得有失，那些极力阿谀奉承的人，那些机关算尽的人，那些才华横溢的人，一个人的顺境、逆境，跟书里一回事罢了。三十年风水轮流转，书里如此，千百年前如此，现在还是如此。

《红楼梦》的真实，让人觉得那不是一本小说，而是曹雪芹在叙述自己的故事，不曾经历过，怎会有如此深刻细致的体会。所以，我总以为，《红楼梦》的情节是他在生活中的所见所闻，也是他多年辛酸的心得体会。那不是他一个人的红楼，更是那个年代、那些人共同的红楼。他们每天的生活就跟书中描写的一样：雅的时候，他们会约上三五好友，或是在青楼，或是在友人家中，或是在茶楼，或是在酒馆，他们吟诗作对，体会一番前人的诗情画意，自己也附庸风雅一番。当然也有俗的时候。如果像薛蟠这类人做东的话，这一局自然就是俗局了，他会准备上等的大闸蟹和上好的酒，大家一起吃吃喝喝，说些荤笑话。如果是冯紫英做东，自然是雅致一些的，他们行行酒令，聊聊近日的功课，说说这些日子的新鲜事。

这些情节如此鲜活，想来曹雪芹一定是从生活中取材。不同的是，他已经不再是那个带着光环的男主角，也不是荣国府中那个衔玉而生、备受宠爱的宝公子，他早已落魄成了穷酸书生。他们之间的交往，除了志趣相投之外，还多了一分势利，他希望靠着他们为自己谋一个不错的差事。书中的贾宝玉出门从来不带钱，身边的小厮自然都会给他安排好的，家里缺了谁的也不能缺了他的。而在现实中，曹雪芹是家中的经济支柱，他有一大家子人要养，所以他必须要为自己谋一个前程，只为了让自己和家人的生活过得好一些。

那一句"世事洞明皆学问，人情练达即文章"并不是他在哪本书上看到的，而是他对于生活的真实体会。不曾饮过雪，怎知那严寒的冬季里，牙齿被冻到上下打颤的感觉。他在"天堂"的时候以为自己是这世上最幸福的人，但他没有看到家族背后的明争暗斗，也不知道官场的尔虞我诈。他看尽了奢华的美好，一睁开眼睛，看到的是各种锦衣玉食，走两步，处处都是亭台楼阁，闲来无事，家中的各种藏书就是他最好的消遣，那时候的生活真是无忧无虑。

如果他一辈子是穷人，那么他不会知道琼浆玉露和满汉全席的味道，别人的鄙视他会习以为常，他不会因此觉得苦闷抑郁。但他享受过所有的美好，最后却要过着粗茶淡饭、朝不保夕的生活。他曾经被捧在云端，却看着那些对他谄笑的人一个个变脸，将他踩到了脚下。巨大的落差使他快速成长，他比任何人都知道金钱富贵的重要性，他放不下文人的架子、纨绔子弟的傲气，但是他同时也拥有无人能及的文学天赋。

最可怕的是，他的才华也限制了他的性格，他才思泉涌，却也敏感得很。花季的年纪，他的心却早已经苍老，他就这样在自己的世界中慢慢平复心情，用冷漠面对着外界。后来，他眼看着叔父越来越老，而自己年纪越来越大，他不得不帮着叔父照顾家里，那些仕途经济之类的事情他也不得不开始学起来，家里的日常接待工作，他也都要渐渐熟悉起来。借由这个机会，他结识了一些政商名流和文坛前辈，在他们的影响下，他树立了著书立说、立德立言的远大志向。也正是受到了这些人的影响，他把少时那一派迂想痴情渐渐地淘汰了些，为了家族复兴而努力奋斗，一度勤奋读书，访师觅友，多方干谒朝中权贵。

或许是朋友的帮助，也或许是三十年风水轮流转，乾隆元年，曹家接到了一道圣旨，宽免曹家的亏空。噩梦终于过去了，那年曹雪芹二十二岁。免去了戴罪之身后，他有了进入仕途的机会，虽然并没有祖上那样的美差，那样的荣耀，但总算是让自己和一家人过上了体面一点的生活，家里的开支也能宽裕一些。他先任内务府笔贴式差事，后来进入西单石虎胡同的右翼宗学（旧称"虎门"）担任一个不起眼的小职位。

从家中走向了朝堂，从寡言少语到结交权贵，他在岁月的洗礼中渐渐看清了这个世界，也知道了江湖。不管是草莽的江湖，还是达官贵人的江湖，有江湖自然有是非。而人是离不开江湖的，一入江湖就难免会身不由己。他用了半生的时光明白了这个道理，他也脱胎换骨，不再是红楼中那个处在富贵荣华中却执意要远离世俗，只想跟姐姐妹妹生活的贾宝玉。他已然是一个有血有肉、人情练达的男子汉。此时的他学会了权衡，他不拒绝与人交往，更不会因为自己的身份排斥跟达官贵人交往。他调整自己的心态，小心应付着身边所有的人。他也特别留意那些跟自己志趣相投的朋友，因为在宗学任职，他结交了比他小十几岁的敦诚和他的弟弟敦敏，之后又结交了福彭等。而立之年的他，对生活和世界有了自己的看法，他可以贫穷，但是他努力改变现状。他前半生的风风雨雨让他的身份特殊，他曾经自卑，甚至自闭，但三十岁的他知道逃避没有用，他懂得了作为男人的责任。他放下自己的心结，开始工作，开始交友，在北京有了自己的朋友圈。

他用自己的真实经历，悟出了那副对联"世事洞明皆学问，人情练达即文章"的深意，他的经历也印证了那句话——"读万卷书，不如行万里路"。这就是三十岁的曹雪芹，一个蜕变了的贾宝玉，一个既有文采也擅交际的芹溪先生。这正是：

说到辛酸处，荒唐愈可悲。由来同一梦，休笑世人痴！

·丧子之痛·

曹雪芹是从地狱里爬出来的作家。他拥抱过阳光,拥抱过所有的幸福,拥抱过美好,但是这些美丽都是稍纵即逝的,他的生活就是从天堂到地狱的轮回。他如同坐在过山车上一般,一会儿被送到了幸福的顶点,一下子又摔到了最低点,快到他还没有反应过来。

童年的快乐生活成了他人生中无法愈合的痛,在以后的生活中,那些过往时不时闯入梦中,梦醒后,过去还是过去,现在仍旧是现在,什么都未曾改变过。而他的婚姻也是一波三折,他爱上了青梅竹马的小表妹,她成了他生活的全部。一开始,两人相见相知,顺理成章地在一起了,也得到了双方长辈的祝福。到后来,两人的婚事遭遇各种坎坷,幸有好友从中撮合,才有了小夫妻俩稳定的日子。那一点点的甜,却是用千辛万苦的辛酸才能换来。

因为幸福得来不易,所以曹雪芹倍加珍惜,他开始涉及仕途经济,多半是为了自己的梅表妹和家人。虽然她算不上什么大家闺秀,但是在嫁过来之前,吃穿用度也差不到哪里去,毕竟曹府的衰败没有影响到梅家。为了能够让自己的梅表妹过得好一点，曹雪芹更加下定决心去经营自己的人际圈子，去找一份工作好让他们的小日子过得宽裕一点。

跟梅表妹在一起的这段日子是他一生中最幸福的时光，他们都曾经经历过荣华富贵，所以对于那些荣华富贵背后的虚伪以及那种趋炎附势更是厌恶到了极点。前半生的起伏磨难让他们看透了这些虚假，比起那些一辈子风调雨顺或者平平凡凡的人来说，他们早已心如止水。

再加上梅表妹又是那种自小柔弱、温柔似水的女子，她一生没有什么大的追求，对于名利也没有执着，她只希望能够跟自己心爱的表哥过夫唱妇随的小日子。她把希望全部寄托在了自己的夫君身上，夫君的喜怒哀乐就是她的喜怒哀乐。于她而言，这辈子最叛逆的事情就是违背了父母的意愿嫁给了一贫如洗的表哥，在遇到表哥之前，她没想到自己会做出这般举动。父母之命，媒妁之言，这是她从小接受的教育，所以，能遇到知己当然好，如若遇不到如意郎君，那便也只能乖乖听父母的话。但是，曹雪芹的出现改变了她，她从没想到自己会那么勇敢，也许是真正的爱情给了她勇气吧。这是她人生中做得最令人意想不到的一件事情，也可以说是最出格的一件事情，除此之外她恪守妇道，温婉贤淑，都是没话说的。

　　他们把贫穷的生活过得有滋有味，她从不勉强自己的爱人做任何他不想做的事情。她身体不好，但是因为有他的存在，她变得"健康"起来了，虽然她对于目前的处境也很是不满意，她的眼神中时常带有一些哀怨，但是更多的还是爱的喜悦。在那个年代，能够嫁给有爱情的人为数不多，而她有幸成为其中之一，所以她心甘情愿地跟着夫君过着有情饮水饱的日子。

　　这样一段只羡鸳鸯不羡仙的生活，使得曹雪芹在描写林黛玉时，总是难掩自己的溢美之词，于他而言，梅表妹和林黛玉一样，是来自三生石畔的仙子。关于爱情，他曾在书中如此评价过：

　　　　湘云笑道："还是这个性儿，改不了。如今大了，你就不愿意去考举人进士的，也该常会会这些为官作宦的，谈讲谈讲那些仕途经济，也好将来应酬事务，日后也有个正经朋友。让你成年家只在我们队里，搅的出些什么来？"

　　　　宝玉听了，大觉逆耳，便道："姑娘请别的屋里坐坐罢，我这里仔细腌臜了你这样知经济的人！"袭人连忙解说道："姑娘快别说他。上回也是宝姑娘说过一回，他也不管人脸上过不去,啐了一声,拿起脚来就走了。宝姑娘的话也没说完,见他走了,登时羞的脸通红,说不是,不说又不是。幸而是宝姑娘,那要是林姑娘,不知又闹的怎么样、哭的怎么样呢!提起这些话来,宝姑娘叫人敬重。自己过了一会子去了,我倒过不去,只当他恼了,谁知过后还是照旧一样,真真是有涵养、心地宽大的。谁知这一位反倒和他生分了。那林姑娘见他赌气不理,他后来不知赔多少不是呢。"宝玉道:"林姑娘从来说过这些混账话吗?要是他也说过这些混账话,我早和他生分了。"

这是贾宝玉对于林黛玉的评价,但又何尝不是曹雪芹对于他爱妻梅表妹的评价。纵观贾府上下,没有一个人能够如此对待贾宝玉,除了林黛玉。而在曹雪芹的身边,不管是长辈,还是那些朋友,说的最多的也都是那些仕途经济、人情往来的事情,独独只有他的夫人,总是生活在他为她创造的美梦中,那么善解人意,从不勉强什么。

其实他是知道夫人的需求的,她哀怨的眼神、疲惫的身躯,无一不在透露着她对于物质的向往。就像在《红楼梦》中,他也曾写过林黛玉给贾宝玉算账的事。林黛玉是超凡脱俗的一个人，她向来是不管这些俗事的。但她跟贾宝玉说，她给贾府算过账，每日的开销都是出去的多，进来的少，可见她不是不懂这些，而是从不计较这些。当时贾宝玉的反应是不管那些，只要过好自己的日子就好，怎么都不会少了他们两个人的。而现实中的曹雪芹和贾宝玉不同，他又何尝不知道柴米油盐酱醋茶中的金钱利益，可是他也是无可奈何，往日的富贵是再也回不去了，而懂事的妻子，也只能够尽量节衣缩食，在有限的条件下，将生活过得诗情画意。

他们洋溢在爱情的幸福中，很快就有了自己的爱情结晶。体弱的梅表妹冒着生命危险为他生下了孩子，而且是一个男孩儿，这让这个被阴霾笼罩着的家庭见到了久违的阳光和温暖。这个孩子的到来化开了妻子脸上的惨淡愁云，也带走了她眼中淡淡的忧伤。整个家也不再像之前那样死气沉沉，孩子的啼哭声、孩子的笑声，让这个家充满了希望。

曹雪芹身为人父之后，也放下了心中最后的坚守，为了家，为了孩子，他开始拼命工作。以前家里的那些应酬，他顾念着身份，总是被硬拉着去。如今为了这个孩子，也为了这个家能有一个更好的前途，他心甘情愿去做这些事情。他的脸上也没有了往日的那种忧伤，那种不甘心。看着可爱的孩子，所有的不开心和苦闷都被一扫而空。孩子来曹家的这几年，是他们全家最幸福的时光，所有人都围着这个咿咿呀呀的小肉球转，怎么看都看不够。

从前的日子里，曹家每个人心里都有自己的计划，有想要让曹家东山再起的，也有想要安安心心过自己日子的，也有希望攀龙附凤再次飞黄腾达的，而孩子的出现，让所有人的心都团结到了一起，他们有了一个共同的目标：那就是好好养大这个孩子，他是曹家的后人，也是大家的希望。

虽然他们已经不再富贵，但对这个孩子，他们从来没有亏待过。但越是小心谨慎，反而越是容易出事情。曹家的这个小娃娃，许是因为得到太多人的照顾，被养得太娇贵了，没多久就生病了。

在《红楼梦》中，贾宝玉也是多灾多病的，他是嫡子，他大哥贾珠死了之后，他就是长房长孙了，贾府的一切势必是要他全部继承的，所有的人都围着他转，没办法，得到太多就要付出更多，所以觊觎他的人太多了，他时常生病、挨打，甚至中邪，没少磕磕绊绊。幸好他福大命大，总能一次次化险为夷。再加上他家底殷实，什么样的名医都请得起，什么样的药都吃得起，就算生了病也不用太担心。而曹雪芹的孩子就没有那么幸运了，那个年代的医疗水平本来就很低，再加上他们的经济条件跟不上等原因，最后他们只能眼睁睁看着这个孩子夭折了。

孩子的离去对这个家来说就如同是灭顶之灾一般，他们所有的喜悦、所有的希望，都在顷刻之间化为了泡影。曹雪芹还没来得及好好体会孩子带来的巨大快乐，上苍就已经把这份恩赐早早收了回去。他正在努力改变自己，努力让自己成为一个好父亲，可是才刚刚踏出了第一步，后面的路就被堵死了，孩子就那么悄然离世了。他都没来得及好好看看自己的孩子，初为人父的喜悦与不适应都还没有消散，他的孩子就如同昙花一现一般，出现了一下，就即刻消失了。

更让他伤心的是，这个家再一次被阴霾笼罩住了，甚至比之前更加可怕，所有的人都沉浸在孩子离世的悲伤中。他自己的情绪都还没有恢复过来，还要去安慰同样经历丧子之痛的妻子。面对不知道为这件事情哭晕了多少次的妻子，他有千言万语要说，又不知道从何说起，只能强忍着自己的悲伤说："节哀顺变，我们都还年轻着，孩子以后还会有的，还会有很多很多。"

显然，他这样苍白无力的安慰对于伤心欲绝的妻子没有任何的效果，而他自己也未从丧子之痛中走出来，虽然说白发人送黑发人的事情在曹家并不少见，但这次却格外沉重。这个孩子是全家人的希望，也是他和妻子的命根子，可他就这么离开了，将曹家人所有的希望都扼杀了，这样的痛苦远比之前更甚百倍，而且这是他跟妻子的第一个孩子。这个孩子出生之前，他们就欢天喜地地为孩子准备了各种物品，只等他长大，而现在，他们面对着满屋的婴孩用品心如刀绞。

丧子之痛成为曹雪芹人生中一道难以抹平的伤痕，在写《红楼梦》的时候，他就写了好几处孩子夭折或者胎死腹中的情节，而每一个小生命的离去，对于一个家庭，对于一个母亲来说，都是毁灭性的灾难。比如开篇不久，他曾写过林黛玉的弟弟在很小的时候就夭折了，这件事情最受伤害的就是孩子的母亲贾敏，所以在孩子夭折后没多久，贾敏就因积郁成疾去世了，而孩子的父亲林如海，在儿子、妻子相继离世后过得也并不好，他没有再娶，将自己唯一的女儿林黛玉托付贾母之后，没过多久也去世了。

还有一处写到，王熙凤因为动怒，生生把一个成了型的男胎给流掉了，从那以后，她身心受到了重创，得了血崩不说，以后再也没有怀上过孩子。凤姐无奈看着自己的丈夫纳妾，也不能阻止，下半辈子少了依靠，除了自己的娘家跟贾母，她再也没有别的指望了。

最可怜的要数尤二姐，为了贾琏她忍气吞声怀了孩子，就指望着靠这个孩子为自己挣一个前途，没想到孩子却被硬生生打了下来，最后直接导致她吞金自杀了，一条鲜活的生命就这么消逝了。

曹雪芹就这样将所有的悲伤都写在了他的书中，灵感来源于生活，而细节的真实更是建立在创作者的真实经历上。他既是那个因为没了妻子和孩子而心灰意冷的林如海，也是那个为了传宗接代千方百计再生孩子的贾琏，而那个单纯真实的他，还没有从丧子之痛中走出来，巨大的压力再一次将他改变。丧子之痛带给他的不仅仅是心灵上的重创，更是一种精神上的改变。

神仙昨日降都门，种得蓝田玉一盆。
自是霜娥偏爱冷，非关倩女亦离魂。
秋阴捧出何方雪，雨渍添来隔宿痕。
却喜诗人吟不倦，岂令寂寞度朝昏。

· 愁入断肠 ·

薄雾浓云愁永昼，瑞脑消金兽。佳节又重阳，玉枕纱厨，半夜凉初透。

东篱把酒黄昏后，有暗香盈袖。莫道不销魂，帘卷西风，人比黄花瘦。

《红楼梦》中有好几场关于失去挚爱和亲人的痛苦场面的描写，比如开篇没多久，林黛玉的母亲贾敏就去世了，而对于林黛玉的父亲林如海来说，失去自己挚爱的妻子，他的生命也仿佛走到了尽头一般，他不再意气风发，整个人仿佛失去了色彩。听到贾母要将外孙女接走的时候，他虽然不舍，但他也明白，自己可能已经没有能力照顾女儿了，所以他忍痛将林黛玉送到了贾母身边，此后几年，他孤身一人，终因积郁成疾，没多久就去世了。林如海跟贾府中的那些纨绔子弟是不一样的，他温文尔雅且又重情重义，所以他的死很是让人惋惜和悲痛。

丧子对林如海的打击如此之大，我们可想而知，对于把孩子当作全部希望的梅表妹来说，孩子的意外夭折等于直接要了她的命。结合《红楼梦》的一些情节，再参考一些野史，我们可以大致梳理出梅表妹丧子之后的故事。

梅表妹，虽然姓梅，但是她的身体却没有像梅花一样，可以抵抗得了艰苦的环境。她自小体弱多病，虽不像林黛玉那般自小就得了不足之症，但是相比其他的女孩子来说，她还是太过娇弱了。她是江南女子，生得娇小玲珑，温婉多情。可也正是因为这种娇小，她自小的身体就很不好，再加上她的性格非常柔弱，又多愁善感，比较爱哭，嫁进曹家之前又生了诸多波折，所以她的心中早已留下了深深的心结，她总觉得对不住曹家，对不起曹雪芹。

在此之前，她从家中婆子那里听到，父母并不愿意把她嫁给一无所有的表哥时，她悲痛却又无可奈何，暗地里不知道流了多少泪，哭断了多少愁肠，病根早在她进曹家之前就已经落下了。但是梅表妹虽然身体柔弱，心里却很要强，怕曹雪芹担心，她从未在夫君面前吐露过半个字。

但知梅如曹雪芹，他又怎么会看不出表妹心中的悲伤呢？他时常想办法让她开心，他尽自己的全力为她打造一场过往的美梦，让两人回到过去那段美好的岁月。夫君的体贴让梅的心情好了不少，但是新的问题又出现了，曹家不是只有曹雪芹一个人。家中的长辈看到这些，总觉得儿女情长就是英雄冢。他们虽没有明说什么，但是对梅也不似之前那般照顾了。这种亲情间的冷漠，让脆弱敏感的梅心事更重了。

虽然她没有唐婉那般不幸，但是她也不能如同芸娘和三白那样，每日和丈夫诗情画意，徜徉山水间。梅特别喜欢一个叫作沈宛的女子，沈宛是一个来自江南的青楼女子，而梅之所以知道这个女孩，是因为她的夫君曾经跟他说过纳兰的故事。沈宛就是纳兰的最后一个女人，一个将整个江南都带给了纳兰的女子。她喜欢沈宛身上那种为了爱情不顾一切的潇洒，这是她无论如何都做不到的，同样地，她也羡慕纳兰和沈宛曾经在江南的生活，点点滴滴，都让梅十分向往。尽管他们结局十分悲伤，但是她就是喜欢。

有时候，她会将自己当成沈宛，而她的夫君就是纳兰，尽管纳兰和沈宛的婚姻并不被家里的长辈看好，经历过种种悲欢离合，最后他们好不容易才能够短暂相守一段时光。但那又怎么样呢？梅觉得，只要两个人相爱，那么即使相守的时间再短，也是幸福的。她和表哥的相守也是如此艰难，她一直觉得，这些年的幸福，是她跟老天爷偷来的，不知道什么时候就会被收回去，所以她特别渴望有一个孩子，将自己的生命和爱情延续下去。当然更直接的原因是，她认为身为女子，为夫家传宗接代是再正常不过的一件事情了，她幻想着因为孩子的到来，能够拨散笼罩在曹家的阴霾，能够让一家人的生活过得越来越好。

梅的愿望很快就实现了，婚后没多久，她真的有了身孕。这个孩子的到来让她觉得她好像生活在了七彩祥云里，世界变得美丽无比，每天看到的都是笑脸。尽管十月怀胎十分辛苦，梅表妹的父母也因为看不上曹家，对女儿不管不顾。梅表妹尽管伤心，但一想到她的孩子，她就觉得这些苦都不算什么。她只是一边默默忍受妊娠的各种不适应，一边满心欢喜地等待着孩子的降生。

经历了漫长的等待之后，梅终于平安生下了曹雪芹的儿子。孩子呱呱落地的那一刻，她觉得自己是全世界最幸福的那个人，蓝天白云都在对自己微笑，曹家上下更是像过年一样，每个人的脸上都洋溢着喜悦。

孩子刚出生的时候，她是那么地兴奋，她觉得自己的身体似乎也好起来了。她不施粉黛，却像是下凡的仙女一般明艳动人，她每天都在笑，总是看着她的儿子甜甜地笑着。可谁又能知道，这样的幸福没有持续多久，孩子就夭折了。孩子断气的那一刻，她多么希望用自己的命去换孩子的命，多希望这一切就是自己的一场噩梦，梦醒来之后，她的孩子还在她的怀里咿呀学语。

残酷的现实让她不得不正视死亡，她在梦中无数次醒来，看到的场景就如同是一幕幕连贯的戏剧。曹家人的脸上再也没有往日的笑容，他们无一不在为这个夭折的孩子哀嚎、哭泣。孩子的玩具、孩子的小床、孩子的房间，都还在，唯一不在的就是这个能让所有人都开怀大笑的孩子。她的眼前一片朦胧，眼泪让她与这个世界多了一层似透非透的纱，透过这一层朦胧的纱，她听到了丈夫的呼喊："孩子已然离我们而去，你不能再就此一蹶不振，你看看眼前的我。"她何尝不知道自己还有一个爱她胜过爱自己的夫君，也知道只要将自己的身体养好，孩子还是会有的，但是她却无法走出来，她与他之间的距离就如同眼球与这个世界的距离，隔着一层看不见的纱，从此有了距离感。她断断续续回应着："孩子，我只想要我的孩子。"

听到她这般心碎的声音，曹雪芹强力抑制住自己内心的悲伤，他暗暗擦干自己的眼泪，把家人拿来安慰他的话讲给她听："这孩子福薄，不能留在我们身边。你只当是老天喜欢他，收了他做童子，也免得他跟着我们吃苦受累。你只管养好身子,我们以后还能够有很多很多的孩子。"孩子走了,她的心也早就跟着走了,还怎么会在意这些于她而言没有任何意义的话:"身子?我的身体只怕是再也好不了了,孩子走了,他把我也带走了,这世间事于我来说都再无意义,从此你便放下我,好好的吧。"

梅忽然用自己的衣袖擦干了眼泪,她也不再抽泣,一口气就将这句话讲完了,说的时候眼睛直直望着远方,似乎她真的看到了什么。看着这样的妻子,曹雪芹的心里不觉一怔,马上过去捂她的嘴,流着泪说:"你若走了,我便做和尚去。"梅没有再说话,静静地靠在他的怀里睡着了。多年以后他想起这天的情景,将那天房中的话用到了黛玉与宝玉的身上。而后来他才知道,那一天是梅在孩子去世之后睡得最好的一天,这一睡足足睡了六个时辰,也没有起来吃饭,他也不忍心将她叫醒。她没有说梦话,没有在梦中哭泣。这样的安宁,只有在她怀孕的时候才有过。

可是就是这么一睡,梅的元气好像都睡没了似的,孩子的葬礼还未完成,梅就倒下了,从此一病不起。他动用了自己所有的关系去寻找名医,京城各家大夫都请来了,可就是没有一个人能将梅的病看好。大夫们开的药,他都给梅用了,但是她的身体就是不见任何起色,眼看着梅的状况一天不如一天,他心急如焚却又无可奈何。

有人说心病还须心药医,他又何尝不知道病根就在那个孩子身上,可是孩子怎么都找不回来了。他只能尽自己所能让她开心。他跟梅讲外面的世界,他知道梅一直很想去看看外面到底是怎样的,他告诉梅只要病好了,一定带她出去看看外面的世界。他们可以去江南,可以回金陵,可以到一切她想去的地方。梅只是无力地笑笑,并没有任何的回复。他也会给她讲自己写书的事情,他告诉她,这是一部以她为女主角的书,要是她想知道,在他心里的她是什么样子的,就快点好起了,她将会成为他这本书的第一个读者。他们还可以一起写书,写一部属于他们两个人的书。听到这些,梅还是没有任何反应,只是一如既往地苦笑着。他实在没辙了,就说:"梅你要加油,早点把身子养好,等你的身子好了,我们就再生孩子,生一堆的孩子,以后就可以儿孙绕膝,你想想,这是多么幸福的场景啊。"梅还是没有说话,只是默默流下眼泪。从此,没有人敢在梅的面前再提孩子的事情,家里所有为孩子准备的东西也都收了起来。即便如此,梅还是没有任何好转的迹象,她的身体每况愈下,每日的进食也越来越少,渐渐地开始连饭都不能吃了,每天就吃几口粥,到后来连粥都吃不下了,家里人背着曹雪芹偷偷准备起了后事,而他却还是每天找不同的医生给梅看病。

　　直到有一天,梅居然想着要吃一些金陵的特产,说是好久都没有吃过了。曹雪芹像孩子一般高兴地手舞足蹈,他立马让人到处去找,好不容易找了几样,他喂给梅吃。梅开心地吃着,虽然还是什么都没有说,但是她笑了,尽管已经瘦成皮包骨,但是,她的笑依然是那么美。因为瘦,原本浅浅的酒窝,现在深了许多,倒应了那句话"笑靥如花"。人们都知道这是回光返照,他自己其实也知道,毕竟从小到大也看过不少医书,但是他是不愿意承认的。他希望她好,希望她一直陪伴在自己的身边,出了梅的房间之后,他就如同是祥林嫂一般,逢人就说自己的妻子梅马上就要好了。

　　但是曹雪芹的希望最终还是落空了,在那之后不久,梅就断了气,她平静而安详,没有留下一句话。梅的离世成为曹雪芹心中无法磨灭的一个遗憾,他还没来得及做好准备,梅就香消玉殒了,这样的打击对于他来说几乎是致命的。但是他是这个家的一家之主,他不能倒下,他有自己的责任,一家子的老老小小现在都要靠他养活,他强忍着自己的悲伤将梅的葬礼办完。

　　作为这个家里的顶梁柱,他生活在各种条条框框中,他不能伤心太久,因为除了儿女情长,他还有太多太多的事情要去完成。他可以贫穷，但是不能不管家里的人，这一家子的人都是他的责任，他必须坚强。此时的他似乎有点能够体会，为什么好几次的夜里，梅总是偷偷流泪，因为不是所有的悲伤都能够消化。他对于梅的诸多思念，只能化作一个个活跃在纸上的文字，在黑夜中静静地吞噬悲痛，但在大家面前，他要做那个不能被打倒的男子汉。

梅的去世不仅是他的遗憾，也是他心中的痛，所以他的《红楼梦》前前后后删减了那么多次，经过了那么多年的修整，而那些母亲失去孩子的情节却一直留存着。有意无意间，这种白发人送黑发人的忧伤就会在小说中出现，尤其是贾敏那一段。书中没有任何对于贾敏的正面描写，我们从冷子兴的口中得知了贾敏的身份，知道当时的贾敏已经去世了。从贾母、王夫人的口中，我们知道了贾敏是贾母最宠爱的女儿，没出嫁之前在家里的日子过得比王夫人辈、贾元春辈的人都要好。曹雪芹从未正面描写过她的音容笑貌，只道母女长相是相似的。而贾敏刚出场就已经去世了，她除了林黛玉一个女儿之外，后来又生了一个儿子，可惜这个小娃娃也是个没福的，出生没多久就夭折了。孩子一死，贾敏的身体也就大不如前了，没多久也就去世了。而在她去世之后不久，林黛玉就到了贾府，林如海也算是放下心中所有的牵挂，在林黛玉离家之后没多久，也就离开了世人。贾敏的经历，跟梅是多么的相似，而曹雪芹在当时是多么希望自己能够跟林如海一样，跟着自己的妻子和孩子去了。

但是他有自己未尽的责任。写书是他对自己尽的责任，他放不下；为家庭尽职是他在生活上应尽的责任，他也是抛不掉的。但是他心中的苦闷却没有几个人能够理解，父亲在他还未出生的时候就去世了，在成长的道路上他缺少了父爱；而自己的孩子，又在跟自己相处没多久就去世了，他还没学会去做父亲；妻子也因此而撒手人寰。他有时怀疑自己是不是上辈子造了孽，为什么自己的亲人都一一离自己而去。但他还不能悲伤太久，他的责任太重，太多的事情等着他去完成，他只能在痛苦中继续自己的修行。

汉苑零星有限，隋堤点缀无穷。
三春事业付东风，明月梅花一梦。
几处落红庭院，谁家香雪帘栊？
江南江北一般同，偏是离人恨重！

·悬壶济世·

　　曹雪芹的祖父是个极其爱书的人，也是个了不起的才子，还是个藏书家，所以他们家有很多藏书。这些书，曹雪芹在很小的时候就看过。曹家被抄家的时候，一应贵重物品都被抄走了，只有祖父的这些藏书留了下来。曹家举家北上迁回老宅的时候，这些书就作为他们仅剩的财产之一，也被带到了北京。如果你细细读过《红楼梦》，从其描述事物时细腻到骨髓的笔调，可以想象到曹雪芹本人是一个博览群书的人。《红楼梦》中有好几处展现贾宝玉医学知识的描写，从这点可以推断出，曹雪芹本人的医学知识也是很丰富的，又或者，他不仅知道这些医学知识，更有可能在家道中落家人久病无医时，他为了减轻家人的痛苦，亲自实践过。在《红楼梦》中，不仅林黛玉弱不禁风，总是生病，大观园里的其他人也都有一些小毛病，比如薛宝钗就天生一股热毒，要吃冷香丸；湘云呢，有择席的怪癖，而且睡眠质量也不好，过了睡觉的时间就再也睡不着了；贾母老了自不必说，王夫人跟贾母一样在吃人参养荣丸，王熙凤也有血山崩，等等。从曹雪芹描写的这些病美人可知，在现实生活中，他身边的这些人身体都有或多或少的小毛病，而曹家家道中落，自然是没钱请大夫的，曹雪芹自幼熟读医书，加之自己从小也是多病，所以他久病成医，也是有可能的。

除了研习医术之外，在经历了人生的巨大变迁之后，他把自己更多的时间和精力花在了读书上。以前他只知玩乐，此时的他更喜欢在书中获得精神慰藉。官场上的那种趋炎附势他仍旧不喜欢，但是他也通晓了点人情世故，开始结交各个阶层的书友。

他的妻子梅表妹本就体弱多病，所以他难免要寻点方子为她疗养。当他刚出生没多久的儿子患病后，他除了陪在孩子身边，仔细观察他的情况之外，更多地是在书房中不断翻阅那些长辈们留下来的医书，希望能够找到一个根治的法子，挽救亲人的生命。但是，儿子最终还是离开了他。不久后，妻子也因伤心过度染疾去世。他所有的努力，最终都宣告失败。

曹雪芹虽然没有挽救妻儿的生命，但是已经有了丰富的阅读基础，加上他经常和大夫交流请教，也习得了一点医治之术。曹雪芹的医术虽然跟那些名医没法比，但还是远在普通郎中之上的。

妻儿的相继离世，让曹雪芹看透了世间的生离死别，同时也更加珍爱一条条鲜活的生命。他也是在妻儿去世之后，开始对人间大爱有了更深的认识。富人金山银山享用不尽，穷人连生了病都没钱医治，只能活活等死。妻儿的相继离世让曹雪芹对这些穷苦人产生了深刻的同情，自己曾经经历过的痛，他不想再让更多的人体会了，于是他在香山南边山根的一间空庙前，放一张临时借来的桌子，给人看起了病。他不仅不收诊费，还买来药品赠送。尽管那时他自己家的日子也是过得紧巴巴的。但是跟这些穷人相比，他觉得自己的处境已经好得太多。曹雪芹诊病所在的这座空庙，又叫作空空庙，在后来的《红楼梦》中，他就将这座庙的名字用在了一个人的身上，有了书中的空空道人。

　　在空空庙悬壶济世了一段时间之后，曹雪芹搬到桥西居住，继续为附近的贫苦百姓诊病抓药，他常常会去蓝靛厂等药铺抓药或配药。别看他只是一个半路出家、没有正式拜师学医的赤脚医生，但是他的医术远比那些普通的郎中高明许多。因为他不开药铺，不开医馆，所以他更多的是为了病人考虑，药方不分贵贱，只按照最适合的方子来，很多的疑难杂症都是一治一个准的，当时的人们对曹雪芹赞誉有加，都说他是妙手仁心，医德高尚。

　　曹雪芹就这样用自己的点滴力量，造福这一方的百姓。对于他来说，这些日子行医问药，让他有了不一样的感悟。从害怕生离死别，到慢慢接受了这样的现实，到最后展开双臂，勇敢拥抱当下的生活。经历过这些以后，曹雪芹的性格也慢慢有了变化，他一改往日里的沉默寡言，变得开朗潇洒起来。

当然，曹雪芹除了把这些技能运用到生活中，还写到了书中。在写作《红楼梦》的时候，他深入到书中的每一个细节，字斟句酌。当他写茶香花的时候，他就是一个品味高雅的茶艺师、香道师、花艺师，他把美展现在字里行间，使得《红楼梦》简直成了茶香花的教学文本。当他在描述食物的时候，他绝对是米其林级别的厨师，那种对食材的讲究、搭配的细腻，一般人根本比不了。关于医学，他在书中所开出的药方，更是没有几个人能够开得出来的。虽然是配合着故事情节虚构的，但是直到现在，依然有不少人从医学的角度不断研究着他的那些药方，尤其是那一道借由王一贴之口说出来的疗妒汤，绝对是养肺圣品，不仅简单易得，而且普通人都可以在家做。

书中最能展现曹雪芹丰富医学知识的要数胡庸医乱用虎狼药那一节。晴雯病了，贾府的人去请太医，没有请到经常到贾府问诊的王太医，而是请来了胡庸医。曹雪芹在书中将这个胡庸医描写得非常猥琐，而他开了药方后，贾宝玉一看就指出这药的缺点，原文如下：

> 宝玉看时，上面有紫苏、桔梗、防风、荆芥等药，后面又有枳实、麻黄。宝玉道："该死该死，他拿着女孩儿们也像我们一样的治法，如何使得？凭她有什么内滞，这枳实、麻黄如何禁得？谁请了来的，快打发他去罢，再请一个熟的来罢。"

就这小小的一个药方，别人都没看出什么问题来，宝玉只看了一眼，就直接否定了这个胡庸医，立刻又请了相熟的王太医。而王太医的药方跟胡庸医的药方却有很大不同，宝玉看到就有了完全不同的态度：

> 一时焙茗果请了王大夫来，先诊了脉，后说病症，也与前头不同。方子上果然没有枳实、麻黄等药，倒有当归、陈皮、白芍等药，那分两较先也减了些，宝玉喜道："这才是女孩儿们的药。虽疏散，也不可太过。旧年我病了，

却是伤寒，内里饮食停滞，他瞧了还说我禁不起麻黄、石膏、枳实等狼虎药。我和你们，就如秋天芸儿送我的那才开的白海棠似的，我禁不起的药，你们那里经得起。比如人家坟里的大杨树，看着枝叶茂盛，都是空心子的。"

曹雪芹借着贾宝玉之口，就那么轻轻松松、不露痕迹地将自己的医学常识展现出来了。当然，后面的故事情节也证明贾宝玉是对的，而且这个胡庸医不仅医术不行，人品也是有问题的，硬生生将尤二姐腹中已经成型的男胎打下来的也是他。

我们前面说过，曹雪芹最初是在空空庙里行医问药的，所以他在塑造医术高明的形象时，就喜欢用到和尚和道士之类的方外人士。这其中最典型的要数薛宝钗的冷香丸。在这之前，谁也没想过要开出这样一味药方，其中所有的药都是用花来做的，而且是一年四季开的花，所用的水也只有在各个节气才能得到，罕见得很。东西是常见的，要聚齐又要讲究个"巧"字。看似简单的一味药，制作过程却如此烦琐。他将自己所学的医学知识跟其他知识相结合，创造出了一味又一味让人眼前一亮的药方。

曹雪芹的善心远不止用在这些生病的人身上，在他的家门口，在那个"门前古槐歪脖树，小桥溪水野芹麻"的西山，他更是竭尽所能帮助身边的人。当然他并非用钱来帮助他们，毕竟曹家当时的情况也不允许。他开班教学，向附近的人教授知识。曹雪芹就这样用自己的知识改变着周围人的生活，他不仅教人识字，还在生活上给他们一定的指导，与此同时，他还为他们免费看诊抓药。

　　授人以鱼，不如授人以渔。比起直接给钱，曹雪芹对于这些人的帮助更加实在。他没有改变一个民族的命运，但是他改变了一个个小家庭的命运。这些难忘的经历，他也写进了自己的书里。在帮助特困户刘姥姥的时候，他选择让凤姐先给了刘姥姥一定的钱财，帮她们暂时渡过难关。而等到刘姥姥带着感恩的心再一次来到贾府的时候，他并没有只是如同打发叫花子一般撒钱，而是带着刘姥姥见识了她一辈子都不可能见识到的富贵人家的衣食起居。在大观园的那一天，是刘姥姥一生中最奢侈的一个梦。她一辈子都吃不到的东西，在那一天都吃了，一辈子看不到的美丽景致，也在那一天看了。最关键的一点是，临别的时候平儿给了她人生的点拨，告诉她回去以后拿这些钱好好做个营生，钱总有花完的时候。救急不救贫的道理，并不仅仅适用于寻常人家，贾府这样的大家族当然也懂。回去之后的刘姥姥从此再也没有到贾府伸手要过钱，反而是将自己家收获的粮食瓜果，捡了当季新鲜的孝敬了贾府不少。后来，刘姥姥还收留了凤姐的女儿巧姐，并为她安排了一门还算不错的亲事。在《红楼梦》中，巧姐的结局算是很好的，这也多亏了当初凤姐举手之劳做下的善事，算是为女儿巧姐积下了福气。这是《红楼梦》中最详细的一桩扶贫事件，没有电视剧中那些一掷千金的豪气，没有拯救民族的大义，也没有在饥荒年代开棚施粥的常见画面，但是却实实在在地改变了一个家庭。

这些文字里的故事，就是曹雪芹在生活中的真实体现，相比较于那些大张旗鼓的施舍，曹雪芹对人的帮助才更让人感动。他的好就如同是空气里飘着的淡淡花香，看不见摸不着，但是你能知道春天来了，花开了。而他就是那个给人带来整个春天的人，他的好说不上具体，更谈不上惊天动地，但是却体现在每一个小细节中，温暖人心。

曹雪芹就这样，一天天一点点帮助着身边的人，影响着身边的人，你甚至都不知道他是在什么时候开始帮助你的。他不宣扬，不求回报，只默默无闻地参与着每件事情，这样润物细无声的助人为乐，他一直在做着。他在垂垂老矣的长者中，为他们检查身体，希望他们都能够健康长寿；他去揭不开锅的穷苦人家义诊看病，为他们减轻病痛的折磨。同时，他还拿出自己原本就不多的银两，为他们买米买药，让他们不至于饿肚子。他又会叫起一帮孩子，教他们读书识字，虽然他的孩子永远离开了，但是他拥有了更多的孩子。这些跟着他学习的孩子都是他的孩子，他看着他们成长，把自己所知道的都教给他们。他从不称自己为善人，但是他从未停止做善事的举动，他看着他们快乐，自己也就获得了快乐，同时，他也在这样的生活中更加理解和懂得了贫苦人民的底层生活，获取了丰富的写作素材和资源。

　　他知道自己家贫，但是从来没有因为这个原因而放弃过帮助别人。他没钱的时候就制作风筝，曹雪芹的风筝做得很好，且具有很高的艺术价值。他出生于书香门第世家，琴棋书画样样精通，画画自然也不差，他画的风筝，每一个都是独一无二的。除了画画，他制作风筝的技术也很高。现在还有红迷专门研究曹雪芹的风筝。《红楼梦》中有几处关于风筝描写的片段，大观园中的女孩子们都是自己制作风筝去放的，风筝放得越远，说明自己的灾呀、病呀就会跑得越远。古人很喜欢在春天的时候放风筝，尤其是三月三的时候。所以没钱的时候，曹雪芹就靠自己卖风筝挣来的钱来帮助那些比他更需要得到帮助的人。

红楼一梦

入金陵

  他也在修佛,但是他并没有天天口里念着阿弥陀佛,手上挂着佛珠,家里摆着佛像,每日沐浴更衣,吃斋念佛。他修的是生活中的佛,他用实际行动修佛,他在这样的修佛中参悟,他不打坐,不冥想,只是脚踏实地做着自己力所能及又能够帮助别人的事。而他却在这世间诸多的佛中顿悟,他从未出世,却早就已经身在世俗外,他从不觉得自己有一颗佛心,却早已成佛。

  将那三春看破,桃红柳绿待如何?
  把这韶华打灭,觅那清淡天和。
  说什么,天上夭桃盛,云中杏蕊多。
  到头来,谁把秋捱过?
  则看那,白杨村里人呜咽,青枫林下鬼吟哦。
  更兼着,连天衰草遮坟墓。
  这的是,昨贫今富人劳碌,春荣秋谢花折磨。
  似这般,生关死劫谁能躲?
  闻说道,西方宝树唤婆娑,上结着长生果。

· 金玉良缘 ·

一生一世一双人,半梦半醒半浮生,人生如梦,而曹雪芹却为我们创造了文字殿堂的南柯一梦。我们在书中看那大厦起,看那大厦落,为贾府落得个树倒猢狲散的结局或惋惜或哀叹。曹雪芹除了在《红楼梦》中写下凄美的文字,营造悠远的意境之外,他所表达的那种对爱情的专一与深刻也不禁让人泪目。梅表妹是曹雪芹生命中最美的惊鸿一瞥。他们自幼相识,青梅竹马,但是在一起长相厮守的日子并不多。这个他生命中的林黛玉带给了他爱情,也让他经历了肝肠寸断的痛苦。每每读到这段故事,我们都不由得想起纳兰的一首词:

一生一代一双人,争教两处销魂。
相思相望不相亲,天为谁春?
浆向蓝桥易乞,药成碧海难奔。
若容相访饮牛津,相对忘贫。

红楼一梦

入金陵

纳兰的生命中也曾有一个这样青梅竹马的表妹，只是他的运气更不好，表妹成了皇帝的妃子。而曹雪芹算是比较幸运的，他曾经拥抱过幸福，他们有过一生一世一双人的爱情，他们也曾有过爱情的结晶。在爱情中的他很快乐，就如同贾宝玉见到林黛玉那般快乐。在失去梅表妹的日子里，曹雪芹的世界都黑暗了。我们无从知晓当时的他是否也曾哭过坟，是否也曾无数次在梦里呼喊过自己的挚爱。我们只知道，梅表妹的离开改变了曹雪芹对爱情的态度，以前的他是专一专情的，他的心中眼中只有一个梅表妹。但是此后的他跟以前有些不一样了，他不再是那个百花丛中过，片叶不沾身的曹雪芹了。

以前跟梅表妹在一起的时候，曹雪芹就跟贾宝玉一样，对待所有的女孩子都一样好，他爱好那些最美好的女子，欣赏最纯真的美好。贾宝玉的爱只给了林黛玉。黛玉开心的时候他就开心，黛玉不开心的时候他就伤心，紫鹃一句试情的玩笑话就能够让他半死不活的，甚至搞得他都魔怔了，而在林妹妹死了之后的日子里，他过得如同行尸走肉般，最后选择遁入空门。

流传下来的《红楼梦》后四十回并非曹雪芹所写，所以到底后来贾宝玉跟林黛玉的结局是怎样的没人知道。但是高鹗给二人设置的悲剧结局是被大多数人肯定的。曹雪芹在失去了梅表妹之后，他的心也凉了，对于这个残酷的世界也更加失望，在爱情上，他开始放纵自己。

有梅表妹的日子里，即使外面有再多的诱惑，他也从未放在心上。妻儿的相继去世，却让他对这个世界感到绝望了，他不再信守一生一世一双人的承诺，为了传宗接代也好，为了能够得到心灵上的慰藉也罢，什么样的爱情都可以。婚姻爱情上遭遇的巨大遗憾，使得曹雪芹更加迫切想要得到另一种弥补。书中的贾宝玉虽然爱着林黛玉，但实际上，他不仅跟袭人有过云雨之情，还和诸多丫鬟有着暧昧的关系，甚至还有同性恋之嫌。试想这样一个身边女子无数的贾宝玉，他的创造者曹雪芹怎么可能只有一个女人？

野史中，在妻子去世后，曹雪芹又遇到了一个与梅表妹截然不同的女子。

这个女子叫柳慧兰，后来成了曹雪芹的续弦。柳慧兰出身贫贱，谈不上什么大家闺秀。可能由于是续弦，也可能由于曹雪芹家早已不复往日，柳慧兰进门的时候，曹家并未计较门当户对的问题。在《红楼梦》中，邢夫人便是贾赦的续弦，邢夫人的出身虽不至于低贱，但跟王夫人相比，还是相差十万八千里的。别说王夫人，就是王夫人的儿媳妇李纨，她的家世背景也比邢夫人好太多，同样出身低微的还有贾蓉的续弦胡氏，曹雪芹甚至没有提到她的家世背景。由此可见，大家族其实并不太在乎续弦的出身。

除了家世背景，柳慧兰的性格也和梅表妹大相径庭。

梅表妹几乎符合所有男子的择偶标准，她楚楚可爱，聪明懂事，多愁善感，加之她长相万里挑一，身材娇小玲珑，最是能够激起男子的保护欲。而且她性格温顺，从小接受三从四德的教育，又痴情专一，成了亲心思便都在丈夫和家庭上。她对生活的要求也不高，只希望夫妻能够鸾凤和鸣，琴棋书画诗酒茶，将平凡的生活过得诗情画意。

而柳慧兰却完全不一样，和梅表妹相比，她就像是一个大姐姐一般，有着明确的目标，也有着果敢的判断力。她就如同是一个方向标一般，永远知道自己未来的方向。柳慧兰又非常聪慧，她和曹雪芹能够在文学上达成共识。除了粗茶淡饭，家长里短，他们还能够吟诗作对，一改生活中的枯燥。于曹雪芹而言，柳慧兰到来后，巨大的新鲜感充斥了他的生活，他从来不知道原来还有这样一种生活。世间并不是所有的美人都是如此娇弱不堪的，梅表妹的离去让他很害怕失去，这成了他心中永远无法治愈的痛。但柳慧兰不同，她更适应生活，所以曹雪芹爱上了这个与自己把酒话桑麻，却又有着完全不同追求的女子。

而对于柳慧兰来说，一个情窦初开的少女怎能抵挡得住偶像的魅力。早在他们相识之前，他就已经在她的心中扎下了根。只是当时的他有夫人，她不想跟别的女子争抢。而且，那时的曹雪芹不在乎仕途经济，只沉迷于儿女情长。她虽仰慕他的才华，但也看不上他的人生目标。在柳慧兰看来，男子就应该志在四方，她希望自己未来的夫婿能够为官做宰，精通仕途经济。所以即便后来的他孤身一人，她也不敢轻易踏出第一步，毕竟眼前的男子并不完全符合自己的标准。

他们之间的相处跟薛宝钗和贾宝玉很像，唯一不同的是柳慧兰仰慕着曹雪芹，虽然当时的他早已经不是什么名门望族，也不是什么官场新贵，但是他的才华还是使得他小有名气。她是喜欢他的，但是她又不敢走近，他不是她心里想要的男子。她想要的是一个身穿大红袍、骑着白马的英俊少年，绝不是这样一个碌碌无为、只知道写作的穷酸书生。但是她还是忍不住靠近他，因为他的才华实在太出众了。一如薛宝钗也曾见过或者听说过不少仕途经济中的人，而无论是她的亲哥哥还是那些所谓的公子哥儿，一个个都是纨绔子弟，粗鄙不堪，跟她的期望更是相差甚远。再比较贾宝玉，无论是人品、家境还是文采，都跟他们不在一个级别上，除了不喜欢读正经书，喜欢在女人堆里玩之外，贾宝玉其实无可挑剔。而且他对女孩子的那种博爱，其实也算得上一种尊重。换句话说，薛家虽家大业大，但薛蟠是靠不上的，自己是个女孩，终究还得找个依靠，所以薛宝钗尽管不是很喜欢贾宝玉，但还是说服自己嫁给了他。柳慧兰也同薛宝钗一样，她权衡利弊，发现曹雪芹还算是合适的人选，再加上她也确实欣赏他的才华，所以她最终还是选择了曹雪芹，她相信自己能改变曹雪芹。

而于曹雪芹而言，这一次和柳慧兰的结合并不仅仅是因为爱情，梅表妹撒手离去以后，他就认为，他再也不会像爱梅表妹一样，再爱上别的女子了。曾经沧海难为水，除却巫山不是云。他和梅表妹的爱情如此坎坷，怎么可能说忘就忘。所以其他女子于他而言更多的是喜爱，他愿意跟她们结合，他们有共同的爱好，他们可以浪漫到看星星看月亮，从诗词歌赋谈到人生哲学，她们的出现给了他很多的创作灵感。他离不开她们，但再也没有那种为了她们可以放弃自己生命的爱。初恋的冲动与纯粹他已经给了梅表妹，就再也没有了。就如同贾宝玉曾经对林黛玉说过："你若死了，我就出家去。"但是他怎么也不会对薛宝钗说出那样的话，也不会对史湘云说那样的话。

所以曹雪芹对于柳慧兰的到来，多的是一种意料之外的惊喜。他们的爱更多的是在文学上志趣相投的爱，远远谈不上不顾一切那么深刻。柳慧兰勤俭爱夫，不逊色元稹的妻子韦丛；聪慧柔婉起来，堪比苏小小；英气率真起来，应愧刘兰芝。尽管她是这样一个奇女子，但是他们的日常生活却充满了矛盾，这是他在之前的那一段婚姻中从来不曾有过的。梅表妹的柔弱，让他可以放弃一切去疼爱，而柳慧兰的强势却引起了他的反感。

自然，柳慧兰自己也是矛盾极了，她从来都知道她的夫君是怎样的一个人，他是从来没有真正将仕途经济放在心上的。就算为了生活勉强去交际应酬，但也都是流于表面，他宁可在草屋中着笔泼墨，也不想多花时间去考取功名，这让她苦恼极了。她开始劝诫他，告诉他人生的道路不仅仅只有眼前的文房四宝和未完成的书，男儿要志在四方，要报效朝廷，要光宗耀祖，要恢复曹家往日的辉煌。而他却像没有听到一般，要不就远远躲开，沉浸在自己的书中，更多的时候他会指责柳慧兰的利欲熏心，若读书

111

红楼一梦

入金陵

识字只为了考取功名，那么生活将没有一丝乐趣。他们为了这个吵得翻天覆地，不可开交。眼前的窘境，总让柳慧兰有一种想要退缩的冲动。但是有时，她看着曹雪芹书中那些鲜活可爱的人物，心中又觉得，有夫如此，还有什么可苛求的呢？他们会在一起读书，一起吟诗作对，一起研究故事的走向，畅游在没有柴米油盐酱醋茶的乌托邦中，那时候的他们就如同是两只快乐的小鸟，叽叽喳喳说个没完。

可是一觉醒来，面对着今天吃什么，要不要多添几件衣服时，数数家中仅剩的银两，柳慧兰心中的火又一下子涌上了心头。这时候，她只要一寻到机会，就会苦口婆心劝曹雪芹，希望他去考取功名。然后两人就又会针尖对麦芒，争论一番。有时两人争急了，曹雪芹就会扔下柳慧兰，自己赌气出门去，留下柳慧兰一人独自流泪。

虽然柳慧兰不是千金小姐，但是跟梅表妹相比，她对于仕途经济的渴望更像极了书中的薛宝钗。她受到正统思想的影响，觉得男人就应该考取功名，谋个一官半职，然后一步步往上走，荣华富贵在手，这才算是不枉此生。在山林间吟诗作对，在乡间采菊东篱，在江湖上快意恩仇，这些听起来虽好，但都不是她想要的生活。纵观古今，她从未羡慕过竹林七贤的那种无拘无束、肆意自由，也从未将陶潜的闲情逸致放在心里，更未觉得李太白"仰天大笑出门去，我辈岂是蓬蒿人"的洒脱是一种值得向往的生活。她所艳羡的是衣锦还乡的优越感，是那种荣归故里的荣耀感。她希望自己的夫君能够跟自己有一样的追求，而曹雪芹想要的却是纳兰那般"一生一代一双人，争教两处销魂"的情深似海。比起在官场上叱咤风云，他更喜欢的是纵情山水间，将自己的所知所闻所见所想寄托在文字中，过随心所欲的生活。古往今来的文人骚客已经太多，而他更愿意托物言情，成为一个小说家，将自己的一生写进一部书中。用故事情节慢慢诉说自己心中的喜怒哀乐，将美丽与残酷并存，留在那字字滴血的文字中。

　　生活追求上的背道而驰，让这对夫妻过着水火不相容的日子。他们好的时候你侬我侬，她是他的红颜知己，是他最可心的人。她会给他的书一些意见，会在他的文字中加入一些自己的评价，从而有了《脂砚斋重评石头记》。在创作中，她懂他，她爱他，她知道他所有的喜怒哀乐，她为他红袖添香，铺纸研墨，为他洗手做汤羹。她打理好所有的家庭琐事，只为了能够让自己心爱的人专心做自己喜欢的事情。同时，她凭借着女子天生的敏感和细腻，会在他创作的时候提一些有建设性的看法，帮他让这部书更加完美。多少个日日夜夜，他们在窗下苦思冥想，遣词造句，在纸上删删减减，只为完成这一部旷世巨作。他们也曾一起展望过书的未来，这将成为一部前无古人、后无来者的千古绝唱，以后会有很多人知道《石头记》，而他们也将成为天下夫妻的典范。

但是当他们意见相左的时候，两个人就成了天雷撞地火，她不再是那个聪慧体贴的柳慧兰，而像一个母老虎。她会跟他发脾气，抱怨家徒四壁，抱怨他所给的生活是那么不容易，她也会强迫他去做不愿意做的事情。"考取功名"四个字总是出现在曹雪芹的耳畔，就像是冬天的风带着刺骨的寒，刺痛着他的心。那时候的柳慧兰对他而言是那么讨厌，她不再温柔，简直就是个怨妇。他想逃避，但是逃避的结果就是让这个家庭更加鸡犬不宁。

这样的生活让两个人都承受着巨大的精神压力，但是不可否认，他们还是彼此相爱的。同时，这样两极化的生活也给了曹雪芹更多的创作灵感，他将柳慧兰拆解成了四份，文采风流和聪慧过人给了林黛玉，他将柳慧兰和梅表妹结合在一起，塑造了一个超凡脱俗、才华过人的林黛玉。而又将她的世俗和名利给了薛宝钗，可以说，曹雪芹对薛宝钗这个人物形象的刻画，大多数的灵感都来自于柳慧兰。她是封建社会里公认的完美女性，她识大体，懂礼仪，会处理人际关系。这个社会对完美女性的最高要求，薛宝钗几乎都达到了。而柳慧兰也绝对是曹家特别喜欢的儿媳妇，除了出身贫寒之外，她的所有特质都很符合曹家的要求和审美，而且她也比梅表妹更加懂得人情世故。同时，曹雪芹又把柳慧兰身上那股子男子的爽气和坚韧给了史湘云。在曹雪芹的书中，史湘云是一个从女儿阁里走出来的须眉男子。她有文采，知书达理，同时又有侠女的那种快意恩仇和敢爱敢恨的潇洒，她也从不隐藏自己的喜怒哀乐。最后的那一份体贴贤惠，他将之分给了袭人，那个无微不至照顾着宝玉的大姐姐，和宝钗一样总苦口婆心劝宝玉考取功名。

　　水火从来不相容，如此矛盾的柳慧兰，造就了曹雪芹那一段过山车式的生活，就是在那样的一段生活中，他创作出了四个人物。就在他创造这些人物的同时，他也渐渐生出了新的生活感悟，有了更多写作的灵感。他以为这样的生活于柳慧兰而言就是一首《终身误》：

　　都道是金玉良姻，俺只念木石前盟。

红楼一梦

入金陵

空对着,山中高士晶莹雪,终不忘,世外仙姝寂寞林。

叹人间,美中不足今方信。

纵然是齐眉举案,到底意难平。

·梦中江南·

多少恨,昨夜梦魂中。还似旧时游上苑,车如流水马如龙,花月正春风。在很多人的眼中,江南就如同烟雨中的亭台楼阁,美景如画的水云间,或是一个婀娜多姿、翩翩起舞的天仙美人。很多人都曾在诗文中表达过对江南的喜爱和向往,而纳兰之所以如此喜爱沈宛,除了爱她的才华横溢和温婉动人之外,还因为她是一个江南女子,她的到来给纳兰带来了整个江南。

纳兰的身份地位自然要高出曹雪芹很多,虽然纳兰自称是人间惆怅客,那是他的心,而他的身份,一生的待遇,却掩饰不了他的富贵显赫。纳兰的一生都处在高处不胜寒的位置。他出生在显赫的纳兰家族,自小就因才华横溢引起了所有人的注意。他的表妹是皇帝的宠妃,而他,又是皇帝的心腹,他的身份让他在很多事情上身不由己。他的心中虽苦,但是他的生活却是富贵奢华的。

这朵在北京长大的人间富贵花,早就腻烦了北方的大雪纷飞,尘土滚滚,他向往的是江南的小桥流水人家,亭台楼阁间的烟雨蒙蒙，他更想在水中看尽春花秋月。他只是在江南那么匆匆一瞥，江南就成了他最美的梦。

虽然曹雪芹在北京有老宅，又是满族正白旗，他的祖父也曾是皇帝身边的人，但是他生于金陵，长于金陵，江南才是他真正的故乡。他喜欢江南的美景如画，喜欢江南的蓝天白云，也喜欢在江南的百花中穿梭，享受着鱼米之乡那一份温润细腻和温婉动人。刚来到北京的那些日子，他努力让自己适应，他在北京长大，在北京任职，在北京交朋友，在北京有了自己的家庭。但是他心中的江南却一直在那里，从未离开过。

当年有多么不舍得离开江南，现在就有多么渴望回到江南。想回江南不是他一两日之间的随想，这些年他无数次梦回江南，梦到了江宁织造，梦到了童年的点点滴滴，梦中的一切都跟记忆中一模一样。他曾经许诺过梅表妹，也曾经跟柳慧兰提起过，要是哪一天自己的车马钱筹够了，家里的事情放下了，就带着她们回到当年的那个江南去。他们可以泛舟西湖边，在扬州看尽琼花美，在苏州听着酥到骨子里的吴侬软语，去常州吃遍所有的海鲜。但是这个承诺直到两个人去世都没有实现，甚至直到他自己离世，也再没有回到江南。

江南成了他人生中的第二个遗憾。记忆中的江南时常在他梦中出现。他梦见自己在天气晴朗的日子里，游走在天堂般的苏杭，在烟雨蒙蒙中，感受着绵绵细雨，在雨水间踏着青山，望着绿水，好不惬意。他童年时的江南行，成就了他如今的一个个江南梦。

"南朝四百八十寺，多少楼台烟雨中"，江南梦最美莫过于西湖梦。等待了千年的白蛇与许仙，他们在断桥相会。法海逃到了蟹壳底下，人们还在等着雷峰塔倒，西湖水干。西湖的美，宛如一朵开在水中央的莲花，亭亭玉立，纤尘不染。他梦见了杭州的亭台楼阁，梦见了人来人往的三天竺，梦到了在那翠绿的山上，有一棵棵矮矮的茶树，这是茶中的极品，香气四溢，甘甜可口。

他的杭州梦里都是些山山水水，有山清水秀的小村庄，雕梁画栋的亭台楼阁，以及夏日里的满池荷花，他也梦见过自己在仙境般的山中自由穿梭，飘飘然而淡忘了人世的一切苦闷。

"旧苑荒台杨柳新，菱歌清唱不胜春。只今惟有西江月，曾照吴王宫里人。"如果说杭州是温婉的江南美人，那么苏州绝对是娇滴滴的小妹妹。曹雪芹最喜欢听苏州人的吴侬软语，他们说话，不论男女，都有一种软糯糯的感觉，即使他们在骂人，你也会觉得他们是在撒娇或发嗲。而苏州的食物就如同苏州人的声音一样，有一种甜到发腻的感觉，但是曹雪芹却偏爱苏州，所以她把林黛玉写成了姑苏人士。

曹雪芹的苏州梦是所有的江南梦中最美的。在梦中的苏州，他邂逅了各种各样美丽的女子，也尝过苏州的各种美食，当然，他还在梦中游历了苏州的名胜古迹，寒山寺、吴王宫、桃花庵等。

他最喜欢的还是美人，那个饱受争议的西施也是他梦中追逐的对象。在梦中，他看到了西施的美，西施的无奈，也看到了西施的眼泪，所以他借林黛玉之手写下了五美吟。在林黛玉出场的那一章，他将林黛玉跟西施比美，他说林黛玉是"病如西子胜三分"。他所追求的美人，比西施还要胜三分，此处描写可见林黛玉的美丽，也可见西施在他心中的重要地位。

但这些并不是他最喜欢苏州的原因，他之所以如此爱苏州，那么放不下苏州，还因为他挚爱当地的一种戏曲——昆曲。昆曲是百戏之祖，在北方并不很受欢迎，一方面苏州话比较难懂，另一方面，北方人不太习惯昆曲那种缓慢的音调。但曹雪芹不一样，虽然他人生中大部分时间都在北方度过，但他出生在南方。在所有的戏曲品种中，他偏爱昆曲。那情意绵长的音调，配上表演者们清脆无杂的嗓音，于他而言就是天籁之音。还有表演者那软若无骨的身段，更是让他为之倾倒。

　　当年在苏州游历的时候，他最爱做的事也是去看戏。苏州的亲戚家专门训练了一批戏子，这样方便在家中听戏。他记得那时春风徐徐，树叶沙沙，小戏子们在园中清唱吊嗓子。那曲音随着暖暖的清风，断断续续传入他的耳中。这是他听过的最好听的声音，直到多年以后的梦里，他依旧能够清晰记得小时候听过的声音，梦里的曲调依然那么清晰。再也不能听见这美妙音调的曹雪芹，只能在梦中回忆和品味童年时的美好了。

　　所以后来他写《红楼梦》的时候，完全没有掩饰自己对于昆曲的喜爱，他在元妃省亲的时候写到了昆曲，还写了十二个唱戏的女孩子，每一个人物形象都是有血有肉，让人记忆深刻。除此之外，他还写到了令人无比惆怅的唱词：

　　　　原来姹紫嫣红开遍，似这般都付与断井颓垣。良辰美景奈何天，赏心乐事谁家院？朝飞暮卷，云霞翠轩，雨丝风片，烟波画船。锦屏人忒看得这韶光贱。

　　这段《皂罗袍》出自《牡丹亭·游园惊梦》片段，至今仍然受

121

红楼一梦
入金陵

到很多昆曲迷的喜爱。刘姥姥逛大观园的时候,他也曾借贾母之口这样说:

> 正说话,忽一阵风过,隐隐听得鼓乐之声。贾母问:"是谁家娶亲呢?这里临街倒近。"王夫人等笑回道:"街上的那里听的见?这是咱们的那十来个女孩子们演习吹打呢。"贾母便笑道:"既他们演,何不叫他们进来演习,他们也逛一逛,咱们也乐了,不好吗?"凤姐听说,忙命人出去叫来,赶着吩咐摆下条桌,铺上红毡子。贾母道:"就铺排在藕香榭的水亭子上,借着水音更好听。回来咱们就在缀锦阁底下吃酒,又宽阔,又听的近。"

他的苏州梦在诗情画意中,在如画美景中,在袅袅炊烟中,也在天籁之音中。一个梦勾起一段回忆,足以让他在回忆中再次拥抱苏州。

"烟笼寒水月笼沙,夜泊秦淮近酒家。商女不知亡国恨,隔江犹唱后庭花。"这首《泊秦淮》,曹雪芹在很小的时候就已经学过了,当时的他不像大多数人谴责商女,而是觉得,这些女人是多么可悲和可怜,如今,他又一次在梦中看到这些女子,更加懂得了她们的悲苦和无奈。世人皆骂红颜祸水,可真正的祸水,怎么会是那些手无缚鸡之力的女子呢?她们不过是为了生存而已。

他自小爱看杂书,尤其是一些稗官野史。他欣赏梁红玉的那种大仁大义的忠义气节,也欣赏李香君那种宁死不做亡国奴的刚烈,柳如是则有一种爱一个人痴心不改,守一世、等一生的忠贞,除了性格,他更欣赏这些女子的才华横溢。古往今来的青楼女子,能够在青史留名的,不管是李师师、苏小小、薛涛、鱼玄机,或是秦淮八艳,她们能够艳名远播,除了因为貌美倾城,更是因为她们的才情不凡。

初到秦淮的时候,他虽然还是个孩子,但也从书中了解了很多秦淮艳史。他跟着大人,在欣赏秦淮绝美风景的同时,也向往着一睹那一缕温柔的美人风。少不更事的他自然没有什么龌龊心思,只是单纯被秦淮河边的花船吸引住了。青楼女子们划船靠岸,便有各式各样的人上船或喝酒,或吟诗作对,或者听曲儿……

在秦淮河畔,曹雪芹听得最多的就是各种小调,还有过往游客的闲聊八卦。秦淮女子名声在外,加之金陵城当时商业繁华,因此过往游客络绎不绝。曹雪芹第一次见到秦淮女子,便认定她们与书中不知亡国恨的商女完全不同。她们弹着琵琶，唱着小曲时，常常使人不由得为之叹息。倘若生在好人家，也不至于流落至此。凭着她们的好样貌和才华，就是大户人家的小姐也是比不上的。但命运弄人，她们只能在风尘中挣取生计。她们重情重义，遇到倾心的男子甚至会一掷千金，只为了资助囊中羞涩的情郎考取功名。她们攒下积蓄，只等到有一天遇到真正的良人，从良嫁人，做一个世间最普通的妇人。

　　幼时初见这些女子时，曹雪芹还并不懂她们。成年以后，历经世事，他在梦中想起这些美丽却身世凄惨的女子，终于彻底理解了她们。他欣赏她们的敢爱敢恨，所以在《红楼梦》中，即使是青楼出身的女子，也是那么温婉可爱。比如那个陪着薛蟠、贾宝玉、冯紫英、蒋玉涵等人行酒令的云儿，就是一个很值得敬佩的女子。虽然她是以卖笑为生，但是她十分自尊自爱，薛蟠动手动脚的时候她会直接指出来，薛蟠说出作践女子的话来，她也会直接说出来。她虽是烟花女子，却不趋炎附势。

　　"萧娘脸下难胜泪，桃叶眉头易得愁。天下三分明月夜，二分无赖是扬州。"扬州，于他而言就是个万花筒。扬州的春天极美，像是花的海洋。扬州的花多，而且美到了极点。幼时去扬州时，曹雪芹还只知道"烟花三月下扬州",但他自以为金陵的花草树木也不在少数,所以对于扬州之行,他的内心原本是不大向往的,只是因为可以出去玩,所以比较兴奋。但是当他到了扬州,看到一个被花包围的城市时,他震惊了。扬州那洁白如雪、芳香四溢的琼花,在温暖和煦的春天,带给了他一场美丽的雪,一生难忘的雪。当然除此之外,扬州的桃花也是令人目不暇接的。就是在扬州,他见到了桃花坞。"桃花坞里桃花庵,桃花庵下桃花仙。桃花仙人种桃树,又摘桃花换酒钱。"现在在梦中,他又回到桃花坞,在桃花庵下,他见到了多年前见到的桃花仙,她容颜未变,而他却从一个孩子长成了沧桑的中年人。

他也曾去过瘦西湖,瘦西湖跟西湖有很多相似之处,但也有很多不同。瘦西湖有一种小家碧玉的娇羞动人,而少了西湖那种雍容华贵和沉着淡定。他看过很多美景,但是当他看到扬州的时候,还是忍不住为之惊叹,甚至流连忘返。

在之后的许多年里,他都没有机会再去扬州,琼花也只在他的梦里出现过,故地重游的心思一天重似一天。曹雪芹曾说过,如果有机会,一定再去一趟江南,最先到的地方一定是扬州。因为春天的扬州,实在是美得不可方物。最后一站,一定是金陵,他要在金

125

红楼一梦
入金陵

陵歇着脚，写着书，直到将书写完。但是这个心愿，直到他死也没有实现。

扬州也罢，西湖也好，整个江南，都只能在梦里再见了。每每从梦中醒来，他发现自己依旧身在家徒四壁的北京，身边还是那些熟悉的人，而自己的面前只有厚厚的书稿，早已经被自己翻烂了的纸张，还有纸上那些圈圈点点，似乎找不到一块干净的纸。而他已然是一个过了不惑之年的糟老头，再也没有翻盘的机会，他能够做的就是过好当下的每一天。

江南梦醒，他收拾着东西，拿着仅有的一点钱，买了些拜祭的东西，来到两位妻子墓前，诉说自己的委屈，抒发自己的思念之情。在没有她们相伴的日子里，他的思绪几乎停止了，他不知道该如何接着创作，只是天天盼着梦到江南，好让他在梦中，好好再过一遍当年的快乐生活。

精华欲掩料应难，影自娟娟魄自寒。
一片砧敲千里白，半轮鸡唱五更残。
绿蓑江上秋闻笛，红袖楼头夜倚栏。
博得嫦娥应借问，缘何不使永团圆！

·诗情野趣·

不曾了解过曹雪芹的人，可能会觉得他就是宝玉那个样子：

　　面若中秋之月，色如春晓之花，鬓若刀裁，眉如墨画，面如桃瓣，目若秋波。虽怒时而若笑，即嗔时而有情。

但实际上，他不过就是一个偏黑微胖的中年男子，是一个五官也不出众，站在人堆里很难认出的普通人。若不是因为《红楼梦》，根本没有人会去注意到这样一个男子。

但是他文采出众，尽管相貌平平，家道中落，他有趣的灵魂和思想还是吸引了很多人，这让他没费什么力就交到了很多欣赏他的朋友。生活的艰辛，早已让他脱胎换骨，他早就将自己修炼成了可以苦中作乐的幽默先生。与其自怨自艾，不如将苦水写作故事，将快乐变成生活。想通之后，再没有什么能够打击到他，他开始畅意人生，把酒言欢，将每天的日子都过得有滋有味。

红楼一梦
入金陵

曹雪芹好酒，他自己都不知道是从什么时候开始那么好酒，是因为欣赏李白的斗酒诗百篇，还是因为酒精可以暂时麻痹他的神经，让他不再想起悲伤，所以他便习惯了这样的自我安慰方式？也许两者都有吧。他觉得酒就是人生，品酒就是在品人生，每一种酒，都是一种不同的人生。他喜欢用舌尖去体验各种不同的人生，酒能让他快乐，让他思如泉涌。

曹雪芹好酒，但是酒量却不好。我们从他的好友敦诚、敦敏这对兄弟的诗文中可以发现一些有趣的小细节。

那是一个秋日的早晨，敦诚家的车就停在了敦敏家的门口。车后，有两个仆人和一个乳臭未干的小书童。到了敦敏家门口，三人急忙下马去搀扶车上的敦诚。这位小王爷虽然年纪尚轻，但身上却无不展现着马背上的民族所特有的英气。仆人们搀扶着敦诚下了车，书童敲开了敦敏家的角门，那敦敏家的小厮见着敦诚便堆着笑说："今日二爷可是来早了，曹五爷还在客厅呢，里面的二门都还没开呢。"

又是曹五爷在厅里，又是里面二门没开，这可把敦诚说糊涂了，他只当是敦敏贪睡，这个点还未起床，只把客人给晾在了客厅里。敦诚本还想着要好好说说哥哥，那小厮告诉他，哪里是大爷贪睡，根本就是两人前一天晚上喝酒，喝得酩酊大醉的。这不曹五爷也回不得家去，大爷也已经醉得不省人事，都在厅里歇着呢。

知道了事情的原委，敦诚不由得笑出声来，他一边往里面走，一边想着要怎么取笑这二人。还没进到屋里去，只听得里面曹雪芹酒醒了大半，在那里直抱怨这鬼天气太冷了，才喝过酒就又讨酒喝。敦诚听到了暗自觉得好笑，便假装抱怨起曹雪芹将自己哥哥的好酒都给喝了，也不留给自己一些，还把哥哥给灌醉了，真是可恶。

两人就这么你一言我一语闹着，敦诚看着眼前的一片狼藉，便故意说道，你们是在这里吃饱喝足了，可就是连累了这些下人们了。曹雪芹还没想起这一茬，只是说敦敏酒量不好，没喝几杯就醉了，早早被下人们架着回房间睡觉去了。他看着酒没人喝了，不能浪费了，便一个人自斟自饮，将剩下的酒都喝完了，现在看着敦诚来了，曹雪芹后悔了，他的酒兴又浓了，此时却无酒可喝了。

这敦诚也是个有趣的人，听了曹雪芹这话，他摸摸自己的口袋，想起今天本来就是到哥哥家玩的，身上一文钱都没有带。这时他恰巧摸到了腰间的配刀，便打起了这刀的主意。他对曹雪芹说："今天出门没带钱，这刀还是值些钱的，不如我们用这刀买酒去。"酒虫闹得正欢的曹雪芹二话没说，就跟敦诚冒雨出了门。这时候他们丝毫不觉得秋雨冰凉，只觉得有酒万事足。

曹雪芹昨夜的酒还没有完全醒，走路的时候还是晃晃悠悠的，得靠敦诚的仆人搀扶着，才能走出门去，但是他完全不在乎这些，见敦诚拿刀换了酒，他立马来了精神。二人提着酒回到了敦敏府中，三人喝酒吟诗，好不快活。敦诚后作了一首《佩刀质酒歌》，记录了当日的情景：

我闻贺鉴湖，不惜金龟当酒垆。
又闻阮遥集，直卸金貂作鲸吸。
嗟余本非二子狂，腰间更无黄金珰。
秋气酿寒风雨恶，满园榆柳飞苍黄。
主人未出童子睡，斝干瓷涩何可当？
相逢况是淳于辈，一石差可温枯肠。
身外长物亦何有？鸾刀昨夜磨秋霜。
且酤满眼作软饱，谁暇齘齗分低昂。
元忠两襦何妨质？孙济袍须先尝。
我今此刀空作佩，岂是吕虔遗王祥？

欲耕不能买犍犋,杀贼何能临边疆?
未若一斗复一斗,令此肝胆生角芒。
曹子大笑称快哉,击石作歌声琅琅。
知君诗胆昔如铁,堪与刀颖交寒光。
我有古剑尚在匣,一条秋水苍波凉。
君才抑塞倘欲拔,不妨斫地歌王郎。

虽然曹雪芹比这兄弟俩大很多,几乎与他们的父亲同龄,但是相同的志趣让这三个人成了忘年交。兄弟俩在文学上仰慕曹雪芹,曹雪芹也是真心喜欢这两个年轻人。他们之间以兄弟相称,一有空闲便约出来喝酒吟诗。有时在家里,有时在外面,有时兄弟俩得了好酒,也会特地跑到西山曹雪芹的住处一起喝。他们不嫌弃他家贫,还时常在经济上接济他,曹雪芹也欣然接受兄弟俩的帮助,并不觉得失了面子。有一次他们喝酒行酒令,酒到浓时,灵感也出来了,眼看着曹雪芹采摘瓜花做菜,敦诚便有了"瓜花饮酒心头乐"的诗句。

除了爱喝酒之外,曹雪芹也爱上了参禅。他看透了人间的悲欢离合,也在这个过程中参悟了些许道理。他很喜欢去拜访一些得道高僧，在香山，除了喝酒之外，他最常去的就是寺庙，还曾在广泉寺与好友张宜泉吟诗作赋，可惜的是他的诗句没有留下，但是张宜泉的诗句保留了下来：

君诗曾未等闲吟，破刹今游寄兴深。
碑暗定知含雨色，墙颓可见补云阴。
蝉鸣荒径遥相唤，蛩唱空厨近自寻。
寂寞西郊人到罕，有谁曳杖过烟林。

除了广泉寺，曹雪芹最常去的还有法海寺。法海寺就像他们家后花园似的，他熟悉那里的一草一木，还和寺里的老和尚交了朋友。他们的关系十分要好，好到曹雪芹看上法海寺的一种果树，便直接向老和尚讨了两棵，种在了正白旗下老屋前面的影壁后面。这树的名字也十分有意思，叫作"苹婆"果树。单说这个名字可能很多人不知道，但它还有一个别名，叫作"胡斯赖"，熟读《红楼梦》的人应该很熟悉这个名字，书中有个小人物就叫"胡斯赖"。用一个水果给人起名字，可见这人的性格也和这果子属性相差无异。

"苹婆果"又叫作"凤眼果"，紫红色果皮，长得像棉桃。

听着觉得这果子应该很美味，但实际上，这果子的味道却一言难尽。曹雪芹用这果子给人命名，就是在暗示，这个人就是个虚有其表的人。不懂个中缘由的人，恐怕又要把这有趣的小细节给忽略了。

曹雪芹的小诡计还不止于此。他在《红楼梦》中设置了各种暗语，让读者去猜，如同一个顽皮机灵的孩子，跟大人玩着捉迷藏的游戏，而你却怎么也抓不到他。写书如此，在生活中，曹雪芹也偶尔像一个老顽童。比如这个"胡斯赖"，它不好吃，但是他还是向老和尚要了两棵。他把这果子刻上"四季平安"等吉祥字，晒干了放在四方灯笼里，卖给八旗子弟，一只灯笼最高时甚至可以卖到二十两银子。

原来这个平时只知道写书、行医的书呆子，其实也是一个很懂得生财之道的小商人，他靠卖风筝和"胡斯赖"挣了一点钱，虽说不上丰衣足食，却也是吃穿不愁。这就是他所选择的生活方式，有趣而又自在。

曹雪芹的随性洒脱不仅体现在生活上，在文字创作上，他也秉承了这样一种行事风格。比如《红楼梦》，原本不叫《石头记》，而是有《情僧录》《金陵十二钗》等多个备用名字。改为《石头记》的原因大概是这本书原是由石头开始的故事，也对应了书中的木石前盟和通灵宝玉。

曹雪芹构思木石前盟的灵感可能来源于香山植物园樱桃沟的水源头,据说那里有一块像元宝一样的大石头,这块大石头虽然像元宝,但是非金非银,当然也不是什么玉石,只是徒有个欺骗人的外表罢了。但曹雪芹看到这块石头后,突然有了灵感,他想,这不就是一个真真切切的假宝玉?所以书中男主角的名字便叫作贾宝玉。巧的是,这块大石头的边上还长了一棵树,这一石一木合在一起,正是"木石前盟"。

除此之外,林黛玉这个名字的灵感也是来自香山植物园樱桃沟,不晓得这是不是一种巧合。据说,原本书中女主角并不叫林黛玉,而是另有一个名字。当年曹雪芹搬到香山之时已贫困不堪,为了写书,他省吃俭用,直到最后连纸墨都买不起了。

有一天曹雪芹才思涌动,正写得畅快,但不巧,墨用完了。他想就此搁笔,又怕这些灵感稍纵即逝,想写却又不知上哪找墨去。这时,他的好友鄂比来拜访他,鄂比告诉他,其实墨并不需要买,香山植物园的樱桃沟里有一种黑色的石头,叫黛石,这种石头十分常见,那些家中不富裕的女人们常用它描眉,因而又叫画眉石,他曾试着用它画过画,画出来的效果也非常好,便让曹雪芹去找来试试。

听得有如此神奇的东西，曹雪芹二话不说，当天下午就去了樱桃沟，果然找到一些黑色的石头。他拿回家一试，还真能写字，只是颜色浅了点儿。他便找来一些碎墨兑在一起，磨后再一试，字迹清晰。曹雪芹便用这墨写起书来。

黛石，解决了曹雪芹的用墨问题，从此他再也不用担心没墨了。没有灵感的时候，曹雪芹便会出门转转，顺便去樱桃沟捡些石头备着。因黛石给他写书提供了方便，为了记住它，曹雪芹便在修改初稿时，把女主人公的名字改成了"黛玉"。不仅如此，他还在《红楼梦》第三回中为黛石做起了广告：

宝玉道："《古今人物通考》上说：'西方有石名黛，可代画眉之墨。'况这妹妹眉尖若蹙，取这个字岂不美？"

曹雪芹与花草树木的缘分远不止这些，《红楼梦》第六十七回中，贾宝玉对袭人说："你就是会评事的一个公道老儿！"这话的意思是，袭人说话办事公道，这里贾宝玉把袭人比作"公道老儿"。

其实，公道老儿既是一句地方俗语，又是一种草，香山上也曾长有这种草。过去,香山一带的田地若设立界碑,可能因土地纠纷而被毁、被移动,后来,当地人发现一种草,这种草扎根很深,又带有一种菌,挖了它,拔了它,第二年又在原地长出,是划分地界最公正的信物。所以,他们便大量种植这种草,作为天然植物界碑。

曹雪芹的写作灵感来自生活,来自身边的朋友,同样也来自他的一个兴趣爱好——喜欢听故事。曹雪芹自幼喜欢交朋友,喜欢接触外面的世界,也喜欢听故事。神话传说,真实故事,稗官野史,什么故事他都喜欢听。他把自己的这个爱好安到了贾宝玉的身上。书中的贾宝玉也爱听故事,在众多擅长讲故事的人中,他最喜欢刘姥姥。这个来自山野的老太太见多识广,常常会给他讲很多很有意思的故事。而刘姥姥的原型实际上就是这么一位很会讲故事的人,她偶然间得了曹家的帮助,后来在曹家落难时,倾尽全力帮助曹家。为了感谢这个老太太,也为了记住这个老太太给自己的帮助,曹雪芹在书中塑造了刘姥姥这个人物。其中,她给宝玉讲的故事,曾经让宝玉无比心驰神往。

除了爱听故事,曹雪芹对民间的小调也很感兴趣,他曾在香山脚下正在修建的演武厅中听到打夯的调子声:

人人那个都说呀，神仙好呦，我说那个呀，功名那个呀，他忘不了呦，古有多少帝王将呀，死了只有土盖了呦，嗨呦！……

这打夯调来回唱了三遍，他一听就入迷了，一下子就记住了这个调子。回到家，他看着自己正在写的书，便觉得这调子可以用到自己的书里面。之前的词有些记不全，他便在第二天直接找到了那位领号的师傅，想问问那首"人人都说神仙好"的调子叫什么名。那位老师傅告诉他这调子叫《神仙调》，是很有名的打夯调，接着又唱了两遍，曹雪芹回去后，将这首《神仙调》进行一番改编，改完之后的名字就叫作《好了歌》。

他虽不曾行过万里路，但他踏尽了身边的山村小院，他接触了周围形形色色的人，这些都给了他创作的灵感，他把生活中遇到的点滴都记录在了书里。这便是他的书香与世俗，他就这样在一日又一日的柴米油盐中写成了这部旷世巨作。

白玉堂前春解舞，东风卷得均匀，蜂团蝶阵乱纷纷。

红楼一梦

入金陵

几曾随逝水，岂必委芳尘。

万缕千丝终不改，任他随聚随分。

韶华休笑本无根，好风频借力，送我上青云！

·梦回金陵·

　　一部红楼,就是一个年少的梦。曹雪芹把生活转化成文字,他活在文字中,也活在梦中。时间久了之后,他有些分不清楚哪些是梦,哪些是现实。他在红楼中寻找着自己的梦,一个少年时荣华富贵的梦,一个在时光中经受洗礼的梦,以及一个时过境迁后飞鸟各投林的梦。

　　曹雪芹的朋友很多,但是又不多。他喜欢交朋友,也从不在乎他们的身份地位。他喜欢在他们中间寻找故事,关于人生百态的故事。但是知己难觅,真正能够走进他心中的朋友却寥寥无几,大概也就敦敏、敦诚、鄂比、张宜泉这几个人了。他们的性格都一样不拘一格,又有着共同的兴趣爱好,在封建传统的限制下,他们戴着镣铐跳起自由的舞。

　　与其说曹雪芹在写一部书,不如说他在写一个梦,一个他每天都在经历,每天都在变化的梦。他将自己一生所遇到的女子们仔细分析了一遍,将她们的性格特点重新排列组合,再具体分配

红楼一梦

入金陵

到每个人物身上,所以《红楼梦》中的每一个女子都显得那么与众不同,她们像极了他身边的人,却又不是他身边的任何一个人。除了把这些命运多舛的女子写进书中,曹雪芹还把自己认识的一些男性朋友也写进了书中,比如,他把敦敏和敦诚两兄弟的个性特点融合起来,塑造出了北静王水溶这个完美的人物形象。水溶身份尊贵,他拥有渊博的学识、宽大的胸襟和长远的见识,是一个懂得开门纳谏的贤王。无论是学问还是人品,这位王爷都是没得说。如果非要挑他一个毛病,那就是他交朋友爱看脸,也就是现在所谓的颜控。他喜欢宝玉的盛世美颜,因为他对宝玉的第一印象很好,后期两人的关系一直非常好。

乍一看,水溶的原型就是敦诚、敦敏兄弟俩的结合,曹雪芹身边的朋友也就这两位是王爷。再细看,似乎又不是他们,北静王是多么繁忙的一个贤王,身份地位又是那样的尊贵,怎么可能像敦敏和敦诚一样时常喝得酩酊大醉呢。所以,曹雪芹笔下的人物,看着是真实存在的某个人,仔细琢磨一下,好像又不是。可以说,艺术来源于生活并高于生活,真真假假我们如今已经很难分清。我们唯一知道的是曹雪芹将现实带进了梦中,从此他再也没有醒来过。

《红楼梦》也向我们展现了曹雪芹的朋友圈，在书中，贾宝玉的朋友有很多，比如最高贵的朋友北静王水溶，最知根知底的朋友秦钟，最志同道合的朋友蒋玉菡，最妙不可言的朋友甄宝玉，曾经被他坑过的朋友柳湘莲，以及一群常常在一起吃喝玩乐，但又互相看不上的朋友，比如冯紫英、薛蟠，等等。

　　贾宝玉的这些朋友，其实也就是曹雪芹的朋友。比如曹雪芹非常喜欢敦敏、敦诚这对兄弟，于是就把他们塑造成了完美无瑕的北静王，一出场的时候就惊艳了所有人：

　　话说宝玉，举目见北静王世荣，头上戴着净白簪缨银翅王帽，穿着江牙海水五爪龙白蟒袍，系着碧玉红带，面如美玉，目似明星，真好秀丽人物。

　　曹雪芹在描写女孩子的时候，向来都不吝啬自己的赞美之词。但是对于已经为人妇的女子，他就是另外一种态度了，时常在文字中透着一种深深的鄙视和厌恶之情。女子尚且如此，对于男人，他就更加没有什么好话了。可以说，对于男子，曹雪芹的态度大概就像贾宝玉一样，是十分反感的。所以他在描写男性人物的时候，几乎都是贬低或者一笔带过。比如宝玉的弟弟贾环，他就用到了"猥琐"两字形容他的样貌。贾雨村长得也算气宇轩昂、英气逼人了吧，但是曹雪芹对他依然没有过多的赞美。可见在书中，一个男子想要得到他的赞美有多么难。

  但是对于北静王水溶，曹雪芹却丝毫没有吝惜自己的笔墨。这个北静王不仅长得惊为天人，而且年轻有为，谦虚有礼，是个难得的贤王。放到现在，那就是男神级别的人物。

  《红楼梦》中的人物形象也不是一成不变的，这也正显示了曹雪芹的高深之处。人心难测，当你刚认识一个人时，可能觉得他特别好或者特别坏，随着时间的推移，你对这个人的了解加深，你会发现，刚开始觉得很好的人，其实未必好，你一开始很讨厌的那个人，其实是被你错怪了。在书中，袭人这个人物形象就很受争议。她刚出场的时候，温柔、懂事、公道，把宝玉照顾得妥妥帖帖。但是当她的准姨娘地位受到威胁的时候，她也使出了一些小手段，虽然并不是非常恶毒，但是也让我们明白，袭人这个人，并非心无杂念，没有私心的。她也是一个有血有肉的人，曹雪芹如此一写，这个人物就活起来了。所以有人喜欢袭人，也有人讨厌袭人。

  随着时间的推移和情节的深入，我们对《红楼梦》中的人物也更加了解，似乎每个人都不复当初的样子。唯有北静王水溶，自始至终都是一个完美男神。而在现实中，敦敏、敦诚两兄弟也始终没有改变，他们一直是曹雪芹漫长岁月中的忠实陪伴者。他们对酒当歌，吟诗作对，不亦乐乎。在曹雪芹心中，他们也一直是他最信任的朋友。在当时的社会背景下，在曹家已经衰败，曹雪芹早已穷得吃了上顿没下顿的情况下，他们全然不在乎自己的王爷身份，心甘情愿做他的崇拜者和追随者，并时不时在生活上支持他。这样的情谊多么难得，所以曹雪芹在书中将北静王塑造成一个如此完美的人物，也是为了感谢敦诚、敦敏二人的知遇之恩吧。

曹雪芹的另一个朋友——张宜泉，在他心中也占据着非常重要的位置。张宜泉像极了书中的秦钟，虽然现实中的两人是忘年交，但在《红楼梦》中，贾宝玉跟秦钟年龄相仿，两个人彼此陪伴着度过最美好的青春年少时光。他们一起上过学，一起闹过学堂，他们也曾一起陪着贾母说说笑笑。这份友情，难能可贵。

曹雪芹和张宜泉之间的故事虽然完全不同于贾宝玉和秦钟，但是张宜泉跟秦钟的家世背景却非常相似。张宜泉从小家境贫寒，父亲在他十三岁时就去世了，他和母亲相依为命，成年以后的生活也并不如意。张宜泉一生清贫，直到晚年才做了教书先生，算

红楼一梦

入金陵

不得富裕，但好歹不用再为了生计东奔西走，也算安享晚年了。而书中的秦钟也是一个典型的悲剧人物，虽说他的悲剧多是由自己造成的。秦钟家境一般，跟四大家族比起来，只能算得上是穷门小户。秦钟的父亲一直没有孩子，所以收养了他的姐姐秦可卿，没想到晚年得子，生下了秦钟。秦父老来得子，自然是十分宠爱这个孩子，虽然秦家并不富裕，但也一直竭尽所能把秦钟当大户人家的公子哥儿养着。这个秦钟长大以后，难免就有点娇贵而且有点纨绔子弟的随心所欲和跋扈，更是仗着有贾宝玉撑腰，就大闹学堂。后来秦钟又跟智能儿闹出了一段风流韵事，直接就把秦父活活气死了。而他自己也在被父亲痛打了一顿之后，一病不起，直至一命呜呼了。

曹雪芹把自己所经历的事和所遇到的人写进书中，是为自己创造另一场重逢。在书中，他借着贾宝玉之身，编织了一个崭新的梦。在梦中，他与朋友们以及那些出现在他生命中的女子们重新相逢，演绎出了不一样的精彩故事。他不愿意醒来，因为醒来就是无法面对和承受的残酷现实，只有在梦中，他才能回到那个令他魂牵梦萦的金陵城。

一入金陵难抽身，一部红楼说不尽金陵多少事。北京是曹雪芹生活到死的城市,也是曹家祖上发家的地方。但是对于曹雪芹来说,金陵才是他的出生地和真正的故乡。

在北京生活的无数个日日夜夜,曹雪芹时常怀念小时候吃过的江南美食,所以在书中,他常常会写到一些江南的特色小吃。比如在《秋爽斋偶结海棠社,蘅芜苑夜拟菊花题》这一回中,宝玉给湘云送了两样食物,芡实和红菱。

菱角和芡实都是长在水里的,江南一带还流传一首叫作《采红菱》的民谣:

我们俩划着船儿
采红菱呀采红菱
得呀得郎有心
得呀得妹有情
就好像两角菱
也是同日生呀
我俩一条心
划着船儿到湖心呀
你看呀么看分明

红楼一梦

入金陵

> 湖水清呀照双影
> 就好像两角菱
> 划着船儿到湖心呀
> 你看呀么看分明
> 一个你呀一个我
> 就好像两角菱
> 划着船儿
> 采红菱呀采红菱
> 得呀得郎有心
> 我俩一条心

这种江南小调,在北方是绝对听不到的,而红菱作为南方的特产,在北方也是不常见的。而芡实呢,北方人莫说见过,就连听过的人都很少。芡实又叫鸡头米,南方人喜欢用它来做糕点,做菜熬粥皆可。

在北京基本见不到芡实的情况下,曹雪芹还用了如此大的篇幅描写这种食物,可见他多么怀念南方的生活。

梦中的金陵是再也回不去了,他只能不断地写,在文字中一遍一遍重温当年的记忆。时光荏苒,岁月如梭,由于忧思过度,曹雪芹还是病倒了。弥留之际,他看到了梅表妹和他们的孩子,看到了柳慧兰,看到了当年金陵城中那些花一样的女子。他张开自己的双臂,温柔地拥抱她们。从此天上多了一位神瑛侍者,而人间再也没有曹雪芹。

那一年他四十八岁。

为官的,家业凋零;富贵的,金银散尽;有恩的,死里逃生;无情的,分明报应。

欠命的,命已还;欠泪的,泪已尽。冤冤相报实非轻,分离聚合皆前定。

欲知命短问前生,老来富贵也真侥幸。看破的,遁入空门;痴迷的,枉送了性命。

好似食尽鸟投林,落了片白茫茫大地真干净!

红楼梦醒,梦圆梦逝,与其交好者敦诚、敦敏等人唯写文祭奠:

红楼一梦 入金陵

《挽曹雪芹》
敦诚

四十萧然太瘦生，晓风昨日拂铭旌。

肠回故垄孤儿泣，泪迸荒天寡妇声。

牛鬼遗文悲李贺，鹿车荷锸葬刘伶。

故人欲有生刍吊，何处招魂赋楚蘅？

开箧犹存冰雪文，故交零落散如云。

三年下第曾怜我，一病无医竟负君。

邺下才人应有恨，山阳残笛不堪闻。

他时瘦马西州路，宿草寒烟对落曛。

《河干集饮题壁兼吊雪芹》
敦敏

花明两岸柳霏微，到眼风光春欲归。

逝水不留诗客杳，登楼空忆酒徒非。

河干万木飘残雪，村落千家带远晖。

凭吊无端频怅望，寒林萧寺暮鸦飞。

第二章 红楼人物评传

· 贾母
　　——外貌协会会长·

贾母出身名门，大智若愚，看着只是跟着孙女、孙媳等人嘻嘻哈哈，慈眉善目的，但她的骨子里其实是个外貌协会会长。贾母看人，才情、性格还在其次，最重要的还是要长得好。她偏爱贾宝玉、林黛玉、薛宝钗、王熙凤等人，主要还是因为他们长得好看。

平日里说话头头是道的老夫人，其实也是肤浅的人，她挡得住金银珠宝的诱惑，却挡不住美貌的陷阱。王熙凤当初引尤二姐入局的时候，就是看准了贾母的这一特性，所以才将这么一个不干不净的漂亮女人带到了贾母面前。

　　贾母又戴上眼镜，命鸳鸯琥珀："把那孩子拉过来，我瞧瞧肉皮儿。"众人都抿着嘴儿笑，只得推他上去。贾母细瞧了一遍，又命琥珀："拿出手来我瞧瞧。"鸳鸯揭起裙子。贾母瞧毕，摘下眼镜来，笑说道："更是个齐全孩子，我看比你俊些。"

就是因为贾母以貌取人，王熙凤才敢光明正大地将尤二姐带到贾府，最后借别人之手治死了她。

除此之外，贾母给自己最疼爱的孙子贾宝玉选媳妇的时候，最看重的也是相貌，所以在给贾宝玉选姨娘时，她首选的是外貌出众的晴雯，而不是温柔大方、勤勤恳恳的袭人。而晴雯的悲剧可以说也是从贾母的这一喜好开始的。

这晴雯当日系赖大家用银子买的，那时晴雯才得十岁，尚未留头。因常跟赖嬷嬷进来，贾母见他生得十分伶俐标致，十分喜爱。故此赖嬷嬷就孝敬了贾母使唤，后来所以到了宝玉房里。

如果晴雯当初不是因为美貌出众的话，也就不会被送到贾府这个是非之地，那她日后的命运也就难说了。

贾母不仅要求贾宝玉的偏房要美貌绝伦，给贾宝玉选正房时，她看中的也是外貌。她自己也曾经亲口说过这方面的要求。

贾母道:"上回有个和尚说了,这孩子命里不该早娶,等再大一大儿再定罢。你可如今打听着,不管他根基富贵,只要模样配的上就好,来告诉我。便是那家子穷,不过给他几两银子罢了。只是模样性格儿难得好的。"

贾母选择孙媳的标准首先是相貌,这有些大失水准了。虽说后头还说了性格也要好,可是深闺中的女孩子,其性格外人又如何知晓,一定都会捡好的夸,这说了等于没说。

想来当初贾母看中薛宝琴,想把她嫁给贾宝玉的时候,也是因为薛宝琴长得好看。想想那初来乍到的小女孩,在长辈面前自然是恭恭敬敬、知书达礼的,至于性格脾气是怎样的,贾母怎么可能看一眼就知道。她之所以什么都没调查,就草草地给贾宝玉说亲,无非是她尤其看重样貌。一个人的外在是可以马上分出高下的,但其内在又怎么能在短时间里就知晓呢。日久见人心,只有经过长时间的相处,才能看清楚一个人,哪有一见面就知道其脾气、性格的。所以贾母想让她做孙媳妇,合理的解释就是她看上了薛宝琴的容貌。

但凡贾母喜欢的人都是相貌出众的,例如秦可卿。

红楼一梦
入金陵

贾母素知秦氏是个极妥当的人，生的袅娜纤巧，行事又温柔和平，乃重孙媳中第一个得意之人。

贾母看人的时候，相貌是首要的，至于其他的，作用就明显不如相貌了。就连她身边的丫鬟，也可能因为长得好看而受到重用。

贾母独见喜鸾和四姐儿生得又好，说话行事与众不同，心中喜欢，便命他两个也过来榻前同坐。

这喜鸾和四姐儿要不是生得好，也不能那么轻易就比一般的丫鬟身份高了。由此看来，这外貌协会会长的宝座，贾母是坐得稳稳当当了，而且也非她不可。

· 邢夫人
　　——窝囊一辈子的隐形人·

　　《红楼梦》里活得最窝囊的应该就是邢夫人了。她的出身并不高，虽然是贾赦的妻子，但她既不受丈夫的宠爱，又没有多少手段，在贾赦面前只知一味应承；再加上也没有个一儿半女，更是没有什么说话的资格了。

　　邢夫人在丈夫面前唯唯诺诺也就算了，在儿媳妇王熙凤面前，她也没有什么威严，王熙凤说话她从来都插不上嘴。看着王熙凤百般讨好贾母跟王夫人的样子，邢夫人别提有多气了。

　　这样一个媳妇，邢夫人自然是很不喜欢的，可没办法，人家家世背景好，又能够讨得贾母的欢心，她不看僧面也要看佛面，怎么都要考虑贾母这些人的面子。所以，邢夫人只能忍气吞声，生活中的不满她敢怒不敢言，只能偶尔在背后说说王熙凤的坏话，一直就在等待机会，要给这儿媳妇立立规矩。

　　可偏偏王熙凤虽然行事很张扬，却一直没有什么把柄能落到她手上，反而是她不争气的丈夫还看上了贾母的丫鬟鸳鸯。这件事情涉及到贾母，她还需要王熙凤在旁帮忙，邢夫人只能心不甘情不愿地跟儿媳妇商量，没想到王熙凤根本不给她面子，这下子邢夫人就更气了。

邢夫人后来还因为这件事情被贾母斥责了一顿，她就更恨王熙凤了。只是她还没有等到机会，所以只能继续忍气吞声。好不容易在贾母寿诞的时候，邢夫人逮到了一个机会，把王熙凤给说哭了。可是没想到之后贾母还心疼王熙凤，觉得委屈了她，邢夫人原本觉得报了一箭之仇，这样一来心里反而有点不开心。所以邢夫人只能继续憋着这口气，等待着下一个机会。

所以，当邢夫人看见傻大姐手里的绣春囊的时候，她想也没多想就认定这个东西一定是王熙凤的。这次她没有直接去找王熙凤耍威风，而是找到了王熙凤的顶头上司——王夫人。邢夫人自以为抓住了王熙凤的把柄，在王夫人面前好一番洋洋得意，说完话扔下绣春囊扭头就走，完全没有给王熙凤解释的机会。这一次的邢夫人够聪明，忍气吞声了这么多年，现在终于一吐为快了，邢夫人也算是扬眉吐气了一番。只是事后她还是不受尊敬，仍旧扮演着受气包的角色。

· 贾 政
——烦恼家业无人继承·

　　贾政，人如其名，一生的事业都放在了政治上面。他不像贾赦那样，靠着家里沿袭的爵位就沾沾自喜、不思进取了。贾政在政坛上的成绩是靠他努力得来的，他的职位也是名副其实的。

　　私下里，贾政是个风雅之人，他不好骄奢淫逸吃喝玩乐，也不眠花宿柳、夜不归宿，只喜欢结交门客吟诗作对、讨论学问，倒也乐得自在。除此之外，他平日里有事没事还喜欢检查儿子的学业成绩，隔三差五就让贾宝玉"交作业"，和众门客对宝玉的诗评论一番。

　　贾母面前，他也是极尽孝道，他不仅嘱咐王夫人时常探望母亲，逢年过节的时候也一定跟着母亲一起过，趁着贾母高兴，他还会鼓励大家一起猜灯谜、讲笑话。这也就难怪贾母更加偏爱这个小儿子了。

　　可就是因为成就很高，贾政对于孩子的要求也很高，可他偏偏碰上了两个"不长进"的东西。贾宝玉天天混在女人堆里,虽然天赋异禀、聪明异常,只可惜就是不爱官场这一套。相较于仕途经济,他似乎更喜欢吟诗作对,不务正业,研究些乱七八糟的东西。贾环就更不用说了,资质本就比不上贾宝玉,还爱在小厮堆里混着,没半点出息。他对于正经学业也是极不上心的,长得又是唯唯诺诺,没有半点富家子弟的样子。唯一一个可心的儿子贾珠,可惜英年早逝,留下了李纨孤儿寡母。孙子贾兰倒是有些天赋的,只可惜年纪尚小,也不知日后是龙是虫。

所以,贾政只能把希望寄托在贾宝玉身上,天天逼着他好好学习,考取功名。贾政希望有一天宝玉能够顿然开悟,继承衣钵,甚至超越自己,光耀门楣,让贾家的风光一直延续下去。但贾宝玉就是一匹暂不受控制的野马,痴痴呆呆的毛病一天更胜一天,闯下的祸也一个比一个大,让贾政心急如焚。

贾政好不容易逮到了一个机会,以为可以好好教育儿子一番,可无奈这孩子又是贾母最喜欢的孙子,有贾母在前面拦着,贾政就是有再好的教子良方也不能用了。从此贾宝玉越发痴呆,再也没多少人敢管他了,贾政年岁也大了,心渐渐软了,就算他有心希望贾宝玉走上自己那条道路,也没有多少精力去实现了。至于贾环,更加是个靠不住的儿子,贾政不知道自己一生奋斗的事业能够交给谁,也只能听天由命了。

·王夫人
——佛口蛇心的伪善人·

王夫人出身名门,又是贾政明媒正娶的大夫人,但是她不似王熙凤那样讲究大排场,为人处世甚是低调。而且她日日吃斋念佛,对待下人也是慈眉善目的。

但这些都是表面,王夫人像极了《甄嬛传》中的皇后,在不危及自己利益的时候,她就是个活菩萨。可是一旦有人危及到了她的利益,她就会马上反击。别的暂且不论,就单单从金钏儿这件事情来说,原也不全是金钏儿的错,但是王夫人为了保住儿子,就无情地将金钏儿赶出了贾府。

之后听到金钏儿投井了,王夫人还流下了几滴"悲天悯人"的眼泪,可当她动手间接送金钏儿去死的时候,却从未感到过良心不安。之后她更是为了不落人口舌,就把金钏儿的月例银子给了玉钏儿,又给了他们家一些钱,这件事情就这样过去了。

在众人眼里王夫人孝敬婆婆,怜悯下人,但其实她是佛口蛇心。

但凡是遇到对贾宝玉不利的事情,不管真假,她一定严厉打击。所以她后面才会被王善保家的等人利用,将怡红院的一干丫头赶了出去,导致晴雯最后病死家中。

王夫人的铁石心肠不仅仅是对下人,就是对待侄女王熙凤也是一样。所以当她怀疑绣春囊是王熙凤丢失的时候,完全没顾及到王熙凤的心情,也没多问一句就开始"思想教育",直到王熙凤逮到机会哭诉并跟她分析道理的时候,她这才恢复了理智。王夫人对待亲侄女尚且如此,更不用说是对别人了。

在贾宝玉的面前王夫人俨然是个慈母,但是这种爱却害得儿子痛苦不堪。她也爱贾珠,当宝玉被打的时候她想起了贾珠,那一刻她情真意切,泪流满面。可是对于贾珠的遗孀李纨还有他们的孩子,王夫人没一个是真正在意。当她将自己手中的大权交给了亲侄女,李纨只能带着小姑子们在大观园里做做针线活时,她从未考虑过儿媳妇的未来,两人连言语交流都是能免则免的。

王夫人吃斋念佛,却带着势利眼去看待一切,对于穷亲戚是一点都不想沾惹。要不是王熙凤,只怕刘姥姥连贾府都进不去,更不用说能进大观园了。王夫人假模假样将荣国府交给王熙凤打理,但是有什么事情,最后都要汇报给她听的,她还是掌握着荣国府一干人等的生杀大权。只是她把得罪人的事情都扔给了王熙凤,这一招借刀杀人着实让人佩服。她那双供奉菩萨的手也不知沾了多少血腥,真不知道午夜梦回的时候,王夫人会不会吓得一身冷汗?

· 贾琏
——家有悍妻，风流依旧·

　　一些男人最怕但也最想要的就是风流债、桃花劫，可是一旦沾惹上了也是最麻烦的，处理不好不仅会赔了夫人又折兵，还有可能遭到众人的耻笑和唾弃。但是琏二爷一点都不害怕，家有悍妻，他照样敢拈花惹草。

　　贾琏其实是个很幸福的男人，不仅有个如花似玉、精明能干的老婆，还有一个温柔贤惠的平儿在身边。但是他就是不满足，在王熙凤的眼皮底下还收敛一点，但是一旦王熙凤稍稍放松，他马上就瞄上了新的猎物。他先是跟多姑娘搞暧昧，暗渡陈仓，还留下了头发做信物。好在只是被平儿发现了，他只是吓得一身冷汗，这笔风流账也因此划上句号。

　　但是不知收敛的他接下来就更胆大了，在老虎眼皮底下偷腥，还被王熙凤逮了个正着。他要只是偷腥也就算了，可偏偏还在说着弄死王熙凤的话，这就不怪被王熙凤把这件事情闹大了。最后贾琏只能低声下气地给王熙凤赔礼道歉,还把鲍二家的命给搭上了。这笔风流债的代价有点大了,但对于贾琏来说,也不过就是多花点钱的事情,还算是不痛不痒。所以贾琏并没有从这件事情中吸取教训,还是一如既往花名在外,没有半点收敛。

就是因为贾琏的朝三暮四,使得王熙凤对男人和爱情都失去了信心,把所有的精力都放在了事业上。最后还流掉了一个成了形的男胎,这也是贾琏的第一个儿子。

可是经过了这些之后,贾琏还是不知轻重,依然跟着贾珍父子一起花天酒地,直到后来认识了尤二姐。这次他不仅仅是玩玩而已了,他认真了,又买房子又办喜事,偷偷地把尤二姐娶到手了。贾琏原以为这件事情办得天衣无缝,以后自己就有两个家了,可以慢慢风流快活,但是没想到未过多久,这件事情就被王熙凤知道了。

这次王熙凤首先瞄准的不是贾琏,而是贾珍一家,他们又是赔笑脸又是赔钱,可怜人都给王熙凤做了,恶人却让他们全包了。王熙凤动动嘴皮子,就让尤二姐名声臭了。之后王熙凤再借由着秋桐,把个好端端的尤二姐给逼死了。这次是真的伤了贾琏的心了,因为他失去的不仅仅是温柔贤惠、体贴入微的尤二姐,连他的另一个儿子都一起跟着没了。

这笔风流债的代价大了,死的都是至亲至爱,而且连葬礼都不能给他们风风光光地办,贾琏这回真是悲痛至极了。

贾琏的一生都在跟女人打交道,但是都没有一个好的结局,他来这世上唯一的目的似乎就是为了还清风流债,所以桃花劫怎么都没躲过,当然他也从没想过要躲开。

红楼一梦 入金陵

·王熙凤
——步步为营的铁娘子·

贾府在现代人看来就是一个大型的家族企业，里面充满了形形色色的勾心斗角，因此有人把《红楼梦》称作一部职场教科书。

《红楼梦》就是一个女性职场，其中最厉害成就最高的就是王熙凤。她出生于四大家族的王家，嫁到贾府后，空降到了贾府企业的总经办，成了贾府的总经理。她除了每天要亲自处理贾府的事务之外，还要时不时地跟贾母、王夫人等人组成的董事会汇报业绩。

王熙凤这个总经理做的那是没话说的，她会说话、会办事，除了把荣国府管理得井井有条之外，还让董事长天天都喜笑颜开，是贾母身边最得力的人。

作为总经理的王熙凤在岗位上可谓兢兢业业，步步为营，不仅在为集团努力奋斗，也在为自己努力奋斗。作为直接管理者的王熙凤，凭着地位跟本事在外面大放高利贷，有求她办事的也都是明码标价，绝无还价之理。什么事情几乎都被她算计到了，她靠着荣国府的牌子经营着小作坊，小日子过得相当滋润。

尽管有了副业，但她在本职工作上也没有丝毫放松，对待手底下的人也是绝不手软的。在工作中她不怕得罪人，她要的是树立威严，让下人一个个见了她都恭恭敬敬的。虽然为此得罪了不少人，但她也不怕别人打击报复，依旧按照自己的管理模式治理荣国府。

不仅如此，王熙凤还将管理荣国府的铁血手腕用到了家里，把贾琏管得紧紧的，就怕贾琏的"老毛病"发作。

如此好强的她自然是轻伤不下火线，一定要等到自己身体不能支撑的时候才愿意退下来。就算退居二线，她也有算盘。一方面她让贴身丫鬟时不时去看看探春那边的情况，另一方面则是用探春来消除别人对她的怨恨，可谓是深谋远虑。

在管理方面王熙凤和秦可卿走的是完全不同的两条路线，秦可卿思虑周全，总是把别人都考虑周到了，结果自己劳累了。但是王熙凤特立独行，她揣测着上司的意思，却让周围的人都根据意思来办事情。她大力提拔心腹，要让所有的人都跟意见统一。但凡有违反家规、不遵守规章制度的，一律严惩，宁可错杀一千也不放过一个。这样的铁血手段，使得贾府很多人都对她恨之入骨。

167

·薛蟠
——其实是个妻管严·

薛蟠被人称作"呆霸王",在外面劣迹斑斑,尽管他是四大家族之一的薛家继承人,但在贾宝玉等人的眼里,这样的人他们还是不屑于与之结交的。

对外他似乎有些十恶不赦,但是对内,他其实是个难得的好丈夫。当他把香菱抢回来之后,并没有因为一己私欲就强行将她留在身边,而是任由她跟着薛宝钗住在大观园里,香菱也因此能跟着林黛玉等人学诗。薛蟠也没有忌讳香菱跟贾宝玉接触,度量之大可见一斑。

香菱是他打死了人才抢回来的,而且他又是那样一副做派,香菱本该怨恨他,生活得很不开心才是。但是在夏金桂进门之前,香菱的生活还算不错,婆婆和小姑对她都不错,薛蟠也给她足够的自由,这也算是一种补偿了。

薛蟠的好丈夫形象,最集中表现在对夫人夏金桂的态度上。恶名昭著的薛蟠在娶了夏金桂之后，在家里就像完全换了个人一样，不管夏金桂怎么无理取闹，薛蟠都能耐着性子哄她，一句粗声粗气的话都没有，更不用说拳打脚踢了。那一副好脾气就是《红楼梦》中的"灰太狼"，他在外面横行霸道，回来之后却无怨无悔地挨着夏金桂的"平底锅"。

与之相比，贾宝玉在这方面就大不如他了。当他听见薛宝钗说仕途经济这类话的时候，二话不说就甩脸子走人了，完全没有想过薛宝钗会尴尬。他虽然对外宣称自己很疼女孩子，其实爱的不过就是女孩子最美好的一面，而不是包容全部。但薛蟠对于夫人却做到了这一点，他可能也没有爱夏金桂很深，但因为是夫人，他就能包容并原谅她的一切，这样的男子也是世间少有的。

薛蟠在生活方面也很细心，每次出去的时候都会给家人带礼物回来，而且这些礼物都是精心挑选的。

薛蟠也是个爱分享的人，自己得了什么好东西也不会独自享用，很愿意拿出来跟人分享。在他身上几乎是没有秘密可言的，一切都放到了台面上。

薛蟠在外面虽是个混世魔王，但他爱妻、多金、大度、细心、直白，在家里是个无可挑剔的好丈夫。

·夏金桂
——火热夏天的河东狮·

她是夏家的掌上明珠,未进薛府之前,传闻她是有名的美人,出落的跟朵花一样美丽娇艳。没想到,未出场前她是如此美好的人物,出场之后的她竟比辣椒还要辣,比毒酒还要毒,着实叫人大跌眼镜。

身为千金小姐的夏金桂真是夏天的毒日头,晒得人们连眼睛都睁不开。一进薛家门,她首先就拿香菱开刀,自作主张将香菱的名字改为秋菱,不仅在香菱面前树立起了威严,也正式跟小姑子薛宝钗宣战,开始瓜分薛家的财产。

看着丈夫不长进,吃着碗里的望着锅里的,她心里像火烧一样。但她还是忍了下来,借着陪嫁丫头宝蟾跟薛蟠之间的私情,不停地打压着香菱和薛蟠,训得香菱跟只小猫一样,不敢多说一句话。

如此毒辣的手段连身为婆婆的薛姨妈都看不下去了,她本以为大户人家的小姐最起码还是知书达理的,怎么都不会跟长辈顶嘴。

没想到夏金桂张口就顶撞她，丝毫没有将她这个婆婆放在眼里，隔着窗户就跟她大吵大闹。夏金桂还在丈夫面前大呼小叫、要死要活的，只把薛蟠治得死死的，什么都听她的。薛姨妈也被她气得旧病复发，恨恨地答应她要将香菱卖掉，要不是薛宝钗前来劝慰，薛姨妈只怕是老命难保，香菱也不知要被送到何方了。

夏金桂自出现就是一副"河东狮"的形象，而且还是火热夏天的河东狮，她做什么事情都是风风火火，动静大得很。但凡有她出现的场合一定是吵吵闹闹的，她不是在跟薛蟠斗气，就是在打骂丫鬟，要不就是在对香菱下毒手。实在憋得慌了，没有人跟她斗，她就跟婆婆上演一场婆媳大战，创造出薛家独有的"夏天一景"。

·薛宝钗
——活得克制，爱得也克制·

  薛宝钗是《红楼梦》里最完美的女人，她娴静优雅，知书识礼，善于交际，出身高贵，在她的身上似乎找不到什么缺点。她是男人理想中的女人，是长辈心中好媳妇的不二人选。薛宝钗为了维护这种形象，一生都处在克制当中。

  说到克制就先说说"作"，"作"更容易与晴雯、林黛玉联系在一起，很多人都觉得她们是难伺候的女人。晴雯很爱表现自己，以自我为中心，但凡是碰到她心情不好的时候，莫说是丫鬟、婆子她没放在眼里，就是贾宝玉、林黛玉这样的主子，她照样敢给他们脸色看。在这方面贾宝玉就没少受罪，没少被她冷嘲热讽过。但是晴雯的"作"只是为了提醒别人她的存在，她可以为一些小事情作天作地，但是她照样可以为你赴汤蹈火。她为贾宝玉勇补孔雀裘就是一个最好的证明。

  而林黛玉的"作"是为了自己在乎的人，因为喜欢贾宝玉，她才不能忍受贾宝玉的心在别人身上，才会用"作"一次又一次去试探真爱。因此不管贾宝玉怎么离经叛道，她从未指责过什么。

而薛宝钗不同，她很小就已经为自己谋划好了一生，绝不能让自己过平庸的生活。所以在她被内定为贾宝玉的妻子时，她还没有进门就劝说贾宝玉要多学仕途经济。

薛宝钗一直知道自己想要的是什么，也一直在为这个目标努力。她虽然知道贾宝玉跟自己不是同道中人，但对长辈定下的这门亲事，她从来没有任何反对。

薛宝钗是任是无情也动人的牡丹花，也是"山中高士晶莹雪"，她可以让所有的人都喜欢她，却交不到一个知己。她能够赢得所有人的心，可偏偏就是得不到爱情。

薛宝钗出场的时候是一个面面俱到、知书达理、广受喜爱的千金小姐。那时她所有的心思都放在了事业上，做梦都想进宫作陪读，却偏偏进了大观园。初来乍到的她心很大，能装下所有的人，她尽心尽力跟贾府中的所有人搞好关系，但是渐渐地她的心开始小了，目光一直在贾宝玉或者跟贾宝玉有关的人身上打转转，别的人她都看不到了。

刚刚认识贾宝玉的时候，薛宝钗就像他的姐姐一样，教了他不少的东西，但是慢慢地，她会因为贾宝玉无心的话而不高兴；会在贾宝玉跟林黛玉说悄悄话的时候去偷听；会在贾宝玉生病受伤的时候失魂落魄。

想当初金钏儿出事情的时候，人命关天，她还能淡定地劝说王夫人宽心，把这件事情彻底放下。时隔不久，她看着血淋淋的贾宝玉的时候，惊人的自控能力就没有了，听袭人推测是薛蟠告的密，她马上就去找亲哥哥对质。这在以前，薛宝钗是绝对做不出来的，精明如她，竟也有这样犯糊涂的时候，原因只有一个，就是她在不知不觉中已经爱上了贾宝玉。

一开始的时候或许她自己也不知道，但是就算之后她知道了，对待贾宝玉的态度也没有太大的变化。但私下里，她已经有了打算，她知道贾宝玉跟史湘云是青梅竹马，又是知己好友，她就先把史湘云拉到自己这边来，利用史湘云的直率制造贾宝玉跟林黛玉之间的矛盾。

薛宝钗知道贾宝玉对林黛玉的感情是至死不渝的，就先在林黛玉身上放暗箭，用大度突出林黛玉的小性子。在发现丫鬟之间的秘密时，她怕自己被别人算计，就诬赖到林黛玉身上。后来，她借由《西厢记》中的诗词，将林黛玉也收在了自己这边。

可惜的是，薛宝钗的暗恋不仅没有打动贾宝玉的心，甚至可能他都不知道，因为宝玉的全部心思都放在了林黛玉身上。关心则乱，当薛宝钗希望能跟贾宝玉更亲近的时候，不由自主地就劝说贾宝玉要多学学仕途经济。就因为这个，贾宝玉便有些不太喜欢她，这也注定了薛宝钗的爱恋只能永远藏在心里，再没有说出来的机会了。

·贾宝玉
——不长进的富二代·

他是贾母的心头肉,可在他父亲眼里却是个不长进、不思进取的孩子。在姐妹们心中,他时而是男闺蜜,时而又是让人头疼的混世魔王,在丫鬟堆里他又变成了冤大头,他就是《红楼梦》的第一男主角——贾宝玉。

他总是做出些出人意料的事情,口口声声说着女孩儿是水做的骨肉,要去呵护她们,但是到头来害得这些女孩子最苦的也是他。

贾宝玉带着无害的外表生活在贾府里面,但是做的都是些让人伤心的事情。作为"富二代"的他没想过要继承父亲的事业,就知道混在女孩堆里嘻嘻哈哈。正经功课不好好做,还因此连累了身边不少的人。

贾宝玉还有个怪癖,喜欢吃女孩子的胭脂,只这个癖好就害死了金钏儿。就算金钏儿在王夫人打盹的时候行为轻佻了,可要是贾宝玉平时不招惹她,金钏儿也不会在自己顶头上司打瞌睡的时候跟他扯不清楚，更不会言语之间没大没小、口无遮拦。按理说这件事情两人都是有责任的，可是当王夫人找金钏儿算账的时候，这惹事的宝二爷人影都没了。他知道自己犯了错误，脸面都不敢露了，金钏儿被赶出了贾府，他也没有为她求情，最后害得金钏儿无脸见人，一头扎进井里死了。

　　跟金钏儿毕竟还生疏些，贾宝玉不去求情也就罢了。但是晴雯、芳官她们被王夫人赶出去的时候，贾宝玉第一反应就是哭哭啼啼、伤心生气，完全没有想过自己可以为她们做点什么。平时没出事的时候跟她们玩得挺好的，嘴里说的都是哄人开心的话。一旦出事了，他明明可以去请贾母帮忙的，可就是不去，空等着晴雯被撵走了，病危了才去探病。等晴雯死了之后空对着芙蓉花哭哭啼啼，他又作文抒发悲伤之情。人活着的时候都不去帮忙，死了再做这些有什么用，真真就是个不靠谱的"富二代"。

　　他明明爱的是林黛玉，但是当"金玉良缘"的说法出来之后，他不想办法解决事情，就知道用梦话说自己有多么反感。人前什么都不做，人后说再多的话又有什么用。

　　这不靠谱的宝二爷不仅对女孩子是这样的，对朋友更是有过之而无不及。蒋玉菡把他当成是知己好友，将计划全部告诉了他。贾

红楼一梦
入金陵

宝玉转过头就受不了父亲的逼问，直接把这件事情告诉了贾政，蒋玉菡的清净日子就这么被他给破坏了。

如果说这件事情还算他迫于无奈的话，那下面这件事情就真的是他太过分了。当柳湘莲将鸳鸯剑给尤三姐之后，贾宝玉明明知道柳湘莲的好事近了，却将尤三姐的来历一五一十地告诉了柳湘莲。柳湘莲听后要悔婚，尤三姐就这么被贾宝玉的一句话给害死了，死了都不知道要怪谁。柳湘莲也没脸再继续原来的生活，只得出家云游四方了。

如果他们没有认识这么不靠谱的宝二爷，结局也许就不会这么凄惨了。想想金钏儿原本是王夫人最喜欢的丫鬟，要是没有跟贾宝玉的胡闹，说不定还能为自己谋一个不错的归宿，凭着王夫人平日里对她的喜爱，想来也会为她好好安排的。晴雯就更冤了，本来就是枉担了罪名，要是没有调到贾宝玉房里，或者她还能跟鸳鸯一样，就在贾母身边伺候着，吃穿用度也不会差到哪里去。芳官等人若不是因为贾宝玉，至少还能在贾府里再呆一段时间，不至于最后要去当姑子做粗活。林黛玉要没有贾宝玉这个不靠谱的人在身边说不靠谱的话，做不靠谱的事情，也不会因伤心而病情恶化。至于两位男性好友，要是没有贾宝玉的不靠谱，说不定早就结婚生子，过着幸福的日子了,也不会有此一劫。

贾宝玉这个不靠谱的"富二代",没有将家产败尽,却把自己身边的人都连累个遍,也实在是有"本事"的,没有辱没他"混世魔王"的美名。

·林黛玉
——赢了爱情，赔了性命·

林黛玉是一个梦一样的女孩子，她背井离乡来到外婆家，来了之后就再也回不去了。她先是爱上了表哥，将心留在了大观园里面。之后她的父亲与世长辞，从此她就成了孤儿，除了依附在外婆身边，她别无选择。

林黛玉曾用一首《葬花吟》来总结自己在贾府生活的点点滴滴，以及真情实感。在那样锦衣玉食、众星拱月的生活中，她的心始终都是孤独的，唯一庆幸的就是有那个"林妹妹长，林妹妹短"的宝哥哥。可是这宝哥哥身边却有太多的女子，光房里就有一堆，什么袭人、晴雯、麝月、碧痕的，还有青梅竹马的史湘云，金玉良缘的薛宝钗。他又是个爱在女人堆里混着的，这怎么能让同住在大观园的林妹妹放心呢。

为了赢得爱情，林妹妹使劲浑身解数，又是为心爱的人缝制荷包，又是帮着人家穿通灵宝玉上的穗子，还在他身处尴尬境地的时候出手相助，帮他作诗。好在宝哥哥也是个有心人，没有将林妹妹的一番心意辜负了，在林黛玉的示好之下，贾宝玉终于鼓足勇气将心里话都说了出来。这也算是给多愁善感的林妹妹吃了一颗定心丸，两人的口角才慢慢变少了。

在大观园里的日子是幸福的，两人可以经常来来往往，没事就在落花底下看看《西厢记》，说说张生与崔莺莺的故事。等到落花飘尽，还可以一起葬花，吟诗作对，共同为那些死去的花哭一哭。林妹妹要是病了，宝哥哥比什么人都着急上火，又是派人来看望、送东西，又是宽慰作解语花的。宝哥哥要是有什么小病小灾的，林妹妹不是哭哭啼啼地看望或安慰他，就是传传相思帕来聊表关心。

也许是嫌这样的日子平淡无奇了，贾宝玉手下的丫鬟就给他们的感情制造点曲折。丫鬟们在贾宝玉旁边说说玩笑，让贾宝玉犯了相思痴呆症，整个贾府也跟着抖三抖。这段私订终身的感情，就这么浮出了水面，给大人们提了个醒。

在这样你来我往的日子里，两人之间早已情根深种，他们虽未考虑过人生大事，却早已在心头暗自许诺，一个非君不嫁，一个非卿不娶。林黛玉用真实、纯真赢得了情郎的心，赢得了专属于自己独一无二的爱情。但这段爱情也在无形之中让她越陷越深，王夫人本就不十分中意林黛玉，经过了这么多事情之后，就更加看不上林黛玉了。她看林黛玉就像是陆游的母亲看唐婉一样，怎么都想要将这对小情人拆开来，加上有她女儿——贵妃娘娘的帮忙，注定了林妹妹会落到一个痴心错付的结局。

只是活在爱情梦里的林妹妹还不知道厄运已经悄悄来临，完全没有收敛感情，一颗心全部放进了这个美梦里。但是现实是残酷的，为了爱情，她早就已经千疮百孔，身体一天天虚弱下去。

这次的赌局她输定了，而赌注也实在太大了，她用生命在赌幸福。最后她赢得了爱情，却输掉了性命。林黛玉等待着贾宝玉用八抬大轿将自己迎进门去，可等来的却是贾宝玉结婚了，迎娶的人不是她。

体弱的林黛玉再也承受不住任何压力和刺激，面对如此残酷的现实，她只能用生命结束爱情。林妹妹的死亡是贾宝玉心中永远的痛，是他挥之不去的阴影，失去了林黛玉的贾宝玉就像是没有了心的空心菜，苟延残喘的活着。他冷漠地面对着身边的一切，维持人们眼里最完美的婚姻，最终他选择遁入空门来了此残生。

林黛玉拼尽全力赢得了贾宝玉的爱情，但是她付出了生命。她用一生执着地爱着一个人，最后换来的是香消玉殒，在爱情面前她也许是成功者，但是在现实面前，她输得一败涂地。

·史湘云
——敢爱不敢说·

说到史湘云，一般想到的词都是热情豪爽、活泼可爱、才华横溢、坚强励志，甚至有些没心没肺。任何阳光的词汇用在她身上都不为过，有她的地方就有笑声和诗词。但实际上，她还是一个敢爱不敢说的悲情女主角。

贾宝玉的身边有三个不可或缺的才女，分别是林黛玉、薛宝钗和史湘云。林黛玉是他的精神支柱，是他真正的红颜知己；薛宝钗是他被内定的未来夫人，是他的老师；而史湘云是他的青梅竹马，两人两小无猜，更像是蓝颜知己。因为史湘云可以跟他一起喝酒吃肉，肆无忌惮，更像是哥儿们之间的交往。两人都是两性中的对立面性情，一个是有男子气概的女人，一个是红粉中的侠士。

不过史大小姐的豪气万丈、直率大方，仅是表现在闺阁生活以及诗词当中，面对男女之情的时候，她就变成了畏首畏尾的懦弱小姐了。

史湘云一出场就说话咬舌，本是叫贾宝玉二哥哥，却叫成了"爱哥哥"，这个失误还被林黛玉打趣了。情急之下的史湘云马上拉来了薛宝钗，之后又开起了林黛玉的玩笑，企图把这个失误糊弄过去。如果她心里没鬼的话，也犯不着为这点小事搞那么大的动作。

薛宝钗作为众姐妹中的大姐姐形象，她没少劝说贾宝玉，让他不要喝冷酒，让他在外面少惹事，多看正经书籍，多跟官场上的人打交道，等等。而史大小姐更多的时候都是陪着贾宝玉瞎胡闹的，可渐渐长大了之后，女孩子家的心思也是藏不住的，比如贾宝玉用她的洗脸水时她就忍不住劝说了。若不是爱之深，责之切，史湘云怎会对贾宝玉这般？

贾宝玉和史湘云在性格方面也有着出奇的互补性，贾宝玉作为一个男生来讲，太过阴柔，比起那些一心想要金榜题名、光宗耀祖的勤奋学子来说，他更像是闺中小姐，喜欢吟诗作对，喜欢胭脂花粉。而史湘云却恰恰相反，她爱着男装，有一颗侠义心肠，为人又快人快语，对于仕途经济只是碍于自己是女儿身不能向往，但她又希望亲人、爱人可以去追求。除此之外，两人在一些小事情上也是默契十足，常常什么事情都是一拍即合，连一块鹿肉都能被他们讨论得津津有味。

贾宝玉自小是在女人堆里长大的，性格自然会女性化一点，但是史湘云是在正常的环境下长大的，性格却如此爽朗，除了天性使然之外，只怕也是为了能够讨得她"爱哥哥"的喜欢。

尽管史湘云心里装着对"爱哥哥"满满的爱，但是她就是没有勇气跟贾宝玉表白。她只能做贾宝玉心里那个活泼可人的"史大妹妹"，最后带着这份遗憾嫁给一个自己不熟悉的人，又看着自己喜欢的人娶了自己最为敬爱的宝姐姐。史湘云一生只能在纠结与无望中度过，可悲可叹！

·妙玉
——外冷内热的冰山美人·

《红楼梦》里的女孩子一个都是花枝招展，穿红着绿，朝气蓬勃的，但是有一个人却是另类，那就是住在栊翠庵的妙玉。她本是苏州人氏，出身仕宦人家。因从小多病，不得已皈依佛门，带发修行。这样的情况跟林黛玉何其相似，但是两人的选择却又截然不同，林黛玉没有出家，还来到了贾府。但是妙玉却不得不带发修行，隔绝红尘，机缘巧合之下也来到了贾府。

妙玉虽然身在佛门清净地，本应看透这世间的人情冷暖、爱恨情仇。但她始终未能跳脱出繁花似锦的红尘。她苦守着清规戒律，但是心中却燃烧着一把火。

对待她不喜欢或者说她看不上的人，她冷若冰霜。所以李纨跟所有的人都和和睦睦的，却又是孤独的。在众人眼里，妙玉是高洁孤僻的，所以他们基本上都不大愿意跟她有所来往。

其实妙玉是典型的外冷内热型性格，因为外界的种种因素，她不得不把她的心封存起来，谁让她已然是一个姑子了呢？哪有佛门中人天天眷恋红尘，在红尘之中厮混的。她既不是为了敛财而出家的静虚师太，也不是日思夜想着要逃离佛门的智能儿，为了情爱不顾一切。她既有骄傲，也有无奈，为了这个身份，她只能把自己约束在栊翠庵里。

可是她的心还是火热的，不然也不会跟邢岫烟成了好朋友，哪怕是在久别之后，也会相互联络感情，不忘当初的情谊。两人有空便会饮茶谈心，切磋琴棋书画，或者只是叙叙旧、聊聊天。

邢岫烟之后，她又结交了贾宝玉、林黛玉、薛宝钗、史湘云等人。在贾母带着刘姥姥和众人参观栊翠庵的时候，她不惜拿出珍藏了五年的雪水，为林黛玉等人烹茶。

那一刻的妙玉是可爱的，是生活在红尘俗世的，她会因为贾宝玉评论茶具而不开心，将对贾府的不满以茶具之名说出来；也会因为林黛玉没有喝出雪水泡茶的奇妙而不悦，从而奚落林黛玉；更会因为贾宝玉不会品茶，说出一番"喝茶牛饮论"。说这些的时候她的内心是火热的，渴望有人真正能明白她，与她志趣相投。

妙玉的外冷内热还体现在她会在贾宝玉生日的时候送来拜帖，像她这种出家人是不参与这些俗事的，所以连贾宝玉都觉得这是出乎意料的事。但是妙玉确实是这么做了,她不仅记得贾宝玉的生辰,还特地送来了拜帖,一般人她是断然做不到这么细致周全的。且看那些曾经跟贾宝玉玩得好的丫鬟就知道了,真的来贺寿的也没有几个,就连与贾宝玉私交甚好的柳湘莲、蒋玉菡等人,在贾宝玉生辰的时候也没有什么特殊表示。

除此之外,她在中秋月圆之夜也会想起两个可怜人——林黛玉跟史湘云,她们三人一起吟诗作对、连词成句,她还邀请她们到栊翠庵去小坐。若真的是冷心冷面的一个人,怎会做这样暖心的事情?

妙玉虽然平日里不跟他人来往,但是她的内心其实很向往与人接触的,她就是冰山下的火种,外表清冷孤傲,内心温暖如火。妙玉看似对一切都云淡风轻、满不在乎,不跟人结交,那只是因为还没有遇到对的人。其实她重感情,对朋友也掏心掏肺,远比那些酒肉朋友可靠得多。

红楼一梦·入金陵

·元春
——富贵至极却也寂寞至极·

古代女子的命运从来都由不得自己，为了家族的兴旺，她们被送进宫中，从此开始了斗智斗勇的宫心计。在这个过程中，她们一边享受着金钱和权力带来的优越感，一边又深陷远离家人的孤独与寂寞之中。

在《红楼梦》中有这样一个女子，即贾宝玉的大姐——贾元春。她有美丽的容貌、超然的地位、皇帝的宠爱，但她的人生却十分寂寞，对她来说，宫里的日子是没有意趣的生活。

为了家族的利益，贾元春不得不进宫做妃子，她凭着自身的家世、才华等因素做了皇帝的贤德妃。但是她回家省亲时，对父母说的话却是无比恋家的。

"当日既送我到那不得见人的去处，好容易今日回家一会，娘儿们不说说笑笑，反倒哭起来。一会子我去了，又不知多早晚才来！"

"田舍之家，齑盐布帛，得遂天伦之乐；今虽富贵，骨肉分离，终无意趣。"

再多的富贵，对于贾元春来说，终究比不上有亲人陪在身边好。

贾元春是含着金汤匙出生的，这种出身就注定了她会失去自由，她的婚姻乃至很多方面都是自己不能做主的。小时候的她也许还能随心所欲地生活几年，但是成年后，她必须为了家族活着。

进了宫她就一无所有了，为了维护家族的荣耀，她在皇帝的身边，如履薄冰，不敢有一点点差池。她还要在女人中斡旋，宫里的每一天都度日如年。冷冰冰的皇宫里面，她整天面对的都是危机，精神一刻都不得松懈，所以她苦口婆心劝说薛宝钗不要进宫。

对于元春来说，她最向往的婚姻就是门当户对的婚姻，就像是贾宝玉跟薛宝钗一样，所以她才会极力撮合他们，因为那种模式是她想要却没有得到的。贾元春嫁给皇帝虽有锦衣玉食，身边的侍婢、太监多不胜数，可以衣来伸手，饭来张口，但她却总是心惊胆战的，最后连个孩子都不曾有。

元春的一生虽然富贵，却敌不过心中的悲伤寂寞，金碧辉煌的皇宫是她的美人冢。她对着一个后宫三千的丈夫还要强颜欢笑，来来往往的所谓姐妹，顷刻之间就可能变成谋害自己的刽子手，而自己真正的亲人却因为那几道墙咫尺天涯。享受不了真正的天伦之乐，纵使有再多的奇珍异宝、玉盘珍馐，她也难以乐不思蜀。

对于贾元春来说，她生活在水深火热之中，唾手可得的东西不是自己想要的，真正追求的东西是一辈子都不可能得到的。真应了那句话"人生不如意十有八九"，在这样惨淡的生活中，她最终平静地解脱了，但她的解脱却预示着四大家族不幸的开始。

· 迎春
————懦弱的小姐不如丫鬟·

迎春是贾府的二小姐，虽然是庶出，但自从元春进宫之后，也算是姐妹里面的大姐了。可是她生性懦弱，什么事情都是大事化小，小事化了，最好什么事情都不曾有过。就算是在家里被奶娘欺负，看她拿着自己的金凤首饰去典当了赌钱喝酒，她还是半句话都没有。

她平时不多说一句话，不多做一件事情，凡事都随大流，什么顺心不顺心的都没有。就跟一个布娃娃似的，放在那里做摆设，对于事情也没个打算，只看着父母长辈的意思就是了。

因为这样的性格，平日里身边的丫鬟都比她趾高气扬的，她在家的时候被自己房里的婆子欺负着，大大小小的首饰银两不知道被拿走了多少。什么人都敢在她面前大呼小叫的，完全忽视她的存在，她倒也不生气，无心跟这些人计较，只活在自己的世界里就好。

她不争的性格让她得不到尊重，在拜高踩低的贾府里面受尽冷落。但好在还有几个兄弟姐妹和长辈看不过去她被欺负，会帮帮她，所以她的小日子也算是平静。

可在婚事上她也没有半点主意，任凭父亲把自己卖给了中山狼。到了夫家之后她孤立无援，性格又懦弱，受尽欺凌，也没有半点法子。省亲回门的时候她也只能是跟自己家人诉诉苦，最后还是灰溜溜地回到"人间炼狱"去了。

贾迎春的生活就是一部《悲惨世界》，她忍气吞声地承受着一切压迫，最后在压迫中结束生命。她的一生没有哪一件事情是自己真正想去做的，是让自己真正快乐的，懦弱的她在别人的安排下完成了自己一生，然后静静结束了生命，给这悲惨的一生画上句号。

· 探春
———不向命运低头·

  身份的尴尬会让无数英雄折腰，家里有个拖油瓶更是人们最忌讳的事情，恰恰这两种尴尬都让三妹妹贾探春一并遇到了。庶出的女儿身份已经让她抬不起头来了，再加上有一个只会给自己找麻烦、添堵的亲生母亲，探春要没有一颗坚强的心，早就自杀了。

  老天爷还偏偏跟这个姑娘开了个莫大的玩笑，给了她一个女儿身男人心，她便更加不能忍受这样的环境了。不认命的性格跟残酷的现实常常发生冲突，所以贾探春几次三番被气哭过，但是在这样的环境下，她却越挫越勇了。

  古代女子一般都注重女红，但是贾探春却不以为然。大观园里的姐妹们都是才女，她便下了帖子，开了诗社，把男人的风雅爱好在女孩子中倡导开来了。于是，大观园里的她们便学着男人们时常聚聚，切磋才艺，赏花弄月的好不令人向往。

  闺阁中的女孩子一般不理财政，但是贾探春却在王熙凤生病的

红楼一梦 入金陵

日子里成了临时大管家,把贾府管理得井井有条。对于那些倚老卖老的婆子们,她也全然没有小女子的怯懦,处理事情的时候也是公私分明,没有因为亲情而多给自己的亲舅舅一些补助,因此也得到了王夫人、王熙凤等人的一致好评。

后来在王熙凤带人抄检大观园的时候,她也没有像别的小姐一样置之不理,而是跟王熙凤讲道理。跟王熙凤讲话时有老婆子对她不恭敬,她抬手就给了老婆子一巴掌,宛然一个雷厉风行的少爷公子,一点小姐的娇气都没有,使得在场的人都为之叹服,就连王熙凤也不得不服软。

贾探春从一开始就知道贾府中她可以依靠谁,按理说她最亲的人是亲生母亲赵姨娘,还有同父同母的弟弟贾环,但这两人都是靠不住的,所以她自小就跟王夫人比较亲。在王夫人遭到贾母斥责的时候,也是她眼明心亮提醒贾母要查明真相。她知道贾宝玉是贾府最受关注的人,所以她的针线活只为贾宝玉做过,连亲弟弟都享受不到这种待遇。

在远嫁这件事上,她虽然有千万个不愿意,但她仍然选择了坚强面对。她没有像鸳鸯一样以死了事,而是在冷静思考后选择接受安排,踏上远嫁这条路。也许在异地他乡,她还是可以从头创造事业。贾探春在离别时流下了眼泪,这眼泪既是在告别亲人和故土,更是在告别过去。

红楼一梦
入金陵

・惜春
——冷面冷心的千金"姑子"・

《红楼梦》里面有三个小姐跟"姑子"二字有着不解之缘,首先是林黛玉,她因为体弱多病要出家当姑子的,但因为父母舍不得,最后就没去成。还有就是有着类似经历的妙玉,她们家原本还请了替身,可是不见好,最后没法子只能自己出家当姑子了。最后一个就是"贾家四春"中最小的惜春,她跟前面两位不同,她是心甘情愿当姑子的。

早在贾府没落之初她就有了这样的想法。

周瑞家的便将花匣打开,说明原故,惜春笑道:"我这里正和智能儿说,我明儿也要剃了头跟他作姑子去呢,可巧又送了花来,要剃了头,可把花儿戴在那里呢?"

这虽是说的玩笑话,却也暗示了惜春未来的命运。

除此之外，惜春本人的个性也是冷漠得很。世人都觉得妙玉清冷孤傲，但就算是住在与世隔绝的栊翠庵，她也会邀请林黛玉等人去饮茶，给贾宝玉拜寿，和林黛玉、史湘云联诗，这些足以证明她对尘世生活的向往。但是惜春似乎没有什么特别的爱好，加入诗社也是因为姐妹们的鼓动。她画画不错，但是会把大观园及众人画下来是因为贾母的要求，也不是真心想画。

惜春从小生活在贾府，却跟所有人的关系都一般，贾府上下都说她糊涂，其实她不是糊涂，是冷漠！惜春从小就缺少爱，没有父母的怜爱，哥嫂也不是真心疼爱她。贾母的爱又太宽泛，能分给她的已然不多。所以她从小就缺爱，致使她也不会爱人，对什么事情都是冷面冷心。

面对与她朝夕相伴、从小一起长大的丫鬟的求情，她冷冷地把她拒之大观园外，让她到外面自谋出路，任凭丫鬟怎么哀求都没有用。看着越来越落败的贾府，她也毫不关心，不仅跟哥嫂减少来往，还把自己圈禁在大观园里面躲是非。对于大观园中发生的事情她更是不闻不问，全当自己跟这个家没有半点关系。

看着贾府大厦将倾她，只是平静地离开选择出家做个姑子。从此贾家四春又少了一春，庵堂却多了一个落魄的千金姑子。

·贾环
——唯唯诺诺的阴暗者·

人多的地方是非多，儿子多的地方阴谋多。自古皇家佳丽三千，儿子无数，但有好下场的不多，其中的明争暗斗着实可怕。不仅皇家如此，就是一些大富之家也不能例外。

贾宝玉的容貌不仅让女人们喜欢，就是男人们也都为之叹服，再加上他是嫡长子，那光环就更加让人睁不开眼睛了。可是他的光环却让亲弟弟嫉妒甚至憎恨了，相较于贾宝玉的天生贵气，天赋异禀，贾环就显得平庸无奇甚至猥琐恶心了。不光女人跟外人这样看他，就是他们的父亲贾政也有这样的感觉。

他在相貌举止方面已经输给哥哥一大截了，偏偏还是个庶出的三爷，很是被人瞧不上，很多人都能在他面前教育一番，连丫头都能在他面前趾高气扬地说，三爷就是跟二爷没法比的。他的人缘与贾宝玉相比也是相差一大截，除了上不了台面的小厮和彩霞愿意搭理他之外，别人都不愿意陪他玩，就连贾政也更加愿意让宝玉多见见世面。

贾环的人生似乎总在不停地做错事情，然后被人批评，尤其贾宝玉还老挑他的刺。这些使他在家里总是抬不起头来，见人也总是唯唯诺诺，甚至略显猥琐。但贾宝玉却总是众人的焦点，身边有很多人围着，尤其他还深受长辈跟女孩子的欢迎，这就让贾环更恨他了。

所以，贾环只要找到机会，就会对贾宝玉下手。看见贾宝玉在一边睡觉，他装着跟彩霞嬉闹就把油灯给推倒了，企图烫瞎贾宝玉的眼睛，结果在贾宝玉右脸烫起了一串燎泡。之后贾宝玉为了保他，还谎称自己不小心弄的，但是他不知感恩就算了，还恩将仇报。当知道贾宝玉因为蒋玉菡的事情惹祸上身之后，贾环马上火上浇油，把金钏儿的事情添油加醋地告诉了父亲，害得贾宝玉差一点被贾政打死。

贾宝玉两次遇险都有贾环的参与，昔日他对贾宝玉的憎恨之心可以想见，而且他的目的就是要置贾宝玉于死地。贾环在别人面前都是唯唯诺诺的，甚至是痴呆蠢笨的，可是在面对贾宝玉的时候，他时时刻刻都在精心谋划着，希望能够将哥哥送上西天。他就是个复仇者，甚至报复所有跟贾宝玉关系好的人，希望他们伤心、悲痛欲绝、忐忑不安。

贾环表面胆小懦弱，不谙世事，实则包藏祸心，步步为营，要置人于死地。所以但凡是能表现他的才华的地方，他都竭尽全力，希望得到在场的人们的认可，更希望可以打败贾宝玉。

贾环不像赵姨娘那样想着要分多少财产，他活着的唯一目的就是报仇。

·秦可卿
——红楼中的谜女子·

美丽大方、温柔贤惠的女子是很多男子的择偶标准，要是再能上得厅堂、下得厨房的话，那就是男子心目中梦寐以求的结婚对象了。

但是这样完美的女子却成了《红楼梦》里的绯闻主角，她就是秦可卿。秦可卿的出身并不高，只是个育婴堂的弃婴，之后被秦业收养，成年后就嫁给了宁国府的贾蓉。进入宁国府之后，她孝顺公婆，体贴夫君，对下人也都是客客气气的，不仅赢得了贾母等长辈的喜爱，就连丫鬟婆子们，一个个对她都是感激涕零，尊敬有加。

秦可卿在为人处世方面是第一稳妥的人，就连贾母的心肝宝贝贾宝玉在午后困了的时候，贾母也很放心地将贾宝玉交给秦可卿，让她带着贾宝玉去睡觉。但就是这样一个看似完美的女人，却有一段令人难以接受的丑闻——跟公公关系暧昧。

这个爆炸性的新闻还是一个老汉喝醉酒之后耍酒疯说出来的。当焦大不愿意大晚上干活的时候，突然来了一句："扒灰的扒灰，养小叔子的养小叔子。"此话一出，在场所有的人都愣住了。

秦可卿做什么事情都很得体，也很小心，可偏偏就是这件事情让人拿住了把柄，说了一辈子。面对这样的绯闻她什么都没有说，什么都没有做，只把所有的委屈伤心都藏在了心里。秦可卿一门心思把事做好，但是心中的郁结怎么都解不开，最后还是因为心病弄坏了身子，最后积劳成疾死了。

秦可卿死后，绯闻依旧没有因此而消失，贾珍为了这场葬礼花钱如流水，不惜给儿子蠲官来抬高秦可卿的身份。这样的大操大办，使得这段见不得人的传闻更加白热化，尽管再没有人当面说过这段绯闻，但背地里不知道议论了多少回。毕竟秦可卿死了，最伤心的不是丈夫而是公公，这种事情还是很少见的。

· 巧姐
　　——千金小姐沦落乡村·

　　她是金陵十二钗里面年纪最小辈份也最小的一个,她的得名来源于她的母亲。《红楼梦》中对她的描写可谓少之又少,可她却在金陵十二钗正册中占据了一席之地,她就是巧姐。巧姐没有什么倾国倾城的容貌,更没有什么惊世骇俗的才艺,却有着一个与众不同的母亲。

　　巧姐是王熙凤跟贾琏唯一的女儿,但就是因为是个女孩子,所以缺失了不少父爱。贾琏对这个女儿的疼爱可以说是极少的,但是王熙凤却十分珍惜这个女儿。

　　巧姐出生的时候,贾府已经在没落的道路上越走越远了,所以四大家族的兴盛她没有享受到,但是落败的凄凉她却要一起感受。没有了强大的四大家族做靠山,对于巧姐来说已经失去了依靠,偏偏她还遇上了无情无义的狠舅奸兄,将她直接推进火坑中,天天过着如坐针毡、水深火热的日子。

红楼一梦
入金陵

　　自小被人伺候惯了的千金大小姐，一下子沦为了被人唾弃的青楼女子，不管在哪方面都是让人难以接受的。巧姐小小年纪就要接受这样的悲惨命运，着实不易。

　　好在王熙凤生前帮助过刘姥姥，这老妪虽没有什么财势，却也是个懂得知恩图报的。刘姥姥受了凤姐的临终所托，四处寻找这个落魄的千金小姐，终于皇天不负苦心人，让她找到了巧姐，她将巧姐从火坑中救了出来。只是那大富之家再也回不去了，最后巧姐只能跟着刘姥姥在乡下过着平淡日子。

　　一个系出名门的千金大小姐，天天与柴米油盐为伍，生活在市井之中，相较于红楼中其他的悲情人物来说，这或者也是一种幸福。可毕竟是从大户人家沦落到了茅草屋里，多少总有那么一股子的惨淡味道。一如她的那首判词："势败休云贵，家亡莫论亲。偶因济刘氏，巧得遇恩人。"

· 贾芸
———真本事成功上位·

四大家族的兴盛都是靠着皇恩浩荡，他们凭着彼此之间的亲密联系，以及皇亲国戚的身份显赫一时。他们的兴盛也养活了不少人，除了自己族里的那些亲属之外，还包括那些家奴们。因为四大家族的关系，他们一个个也都是如鱼得水，可谓"一人得道，鸡犬升天"。

这些受到四大家族庇佑而飞黄腾达的人里面，有的本就有一个很好的出身，比如那些嫡系子孙们，就算不学无术也能沿袭爵位，出门个个都知道他们是谁家的公子哥。也有些是跟四大家族有着深厚的渊源，自然出去也都是风风光光的。

这些亲戚中也有全凭着本事成功上位的，贾芸就是其中一个典型的例子。贾芸原是贾府的姻亲，出身不算高，他平日里也没什么别的本事，要说有什么长处的话，只怕也就是容貌好一点，为人又聪明，懂得察言观色。

因贾宝玉一句玩笑话"像我儿子",他便伶俐地说:"如若宝叔不嫌侄儿蠢笨,认作儿子,就是我的造化了。"虽然贾芸知道贾宝玉在事业上帮不了自己什么忙,但是在人际关系这一块,贾宝玉大有用处,所以他就想讨好贾宝玉。

接着贾芸又在和贾琏的谈话中知道贾琏很多事情都做不了主,他转过头就找到了王熙凤,还假模假样地给王熙凤送了礼物,让她好好为他安排个差事。果然这一举动颇得王熙凤的欢心,不多时就给他安排了一个不错的差事,之后他跟贾琏夫妇就又走近了一步,渐渐把事业稳固了。

贾芸首战告捷,在贾府弄到了一个有油水的差事,顺便也把终身大事解决了。他向来知道自己的身份和地位,所以对于宝玉身边的女孩子是想都不敢想,连看都不敢多看一眼。直到遇到小红这个与自己身份、地位相配的小丫鬟,他才开始主动出击,最后收获了爱情。

心情大好的贾芸做起事情来自然是干劲十足了,第一次出色地完成任务,赢得了贾琏夫妇的信任,自然就有源源不断的好事找上门来。再加上小红在王熙凤处得力,颇得王熙凤的欢心,两人的前途自然是不可限量。就这样他在没有家世背景的支持下,凭着头脑在贾府占据了一席之地,从此成功上位,前途一片大好。就算在贾府没落之后,他也能凭着本事,过着衣食无忧的生活。

红楼一梦
入金陵

· 小红
——转角遇到幸福·

小红，原本姓林，小名红玉，因犯了宝玉和黛玉的名字，就唤作小红了。她本是怡红院里一个不起眼的丫鬟，素日里连贾宝玉的房间都不怎么能进去。面对这样激烈的竞争，为了未来，她还是挤破脑袋跟晴雯、麝月、秋纹、碧痕等人竞争。

小红曾经用尽心机想吸引贾宝玉的注意，好不容易等到一个能引起贾宝玉注意的机会，但是紧接着的，她就被人指指点点、冷嘲热讽。这是小红之前没有料到的，她自来就知道贾宝玉房里竞争激烈，但是没想到一个个都是这么小心眼的，一点机会都不会给她这样的粗使丫鬟。

而就在这个时候，小红遇到了一个同样努力往上爬的有志青年贾芸，他虽然出身并不好，但怎么也算是贾府的亲戚，如今也在贾府里面谋了生计了，总算是衣食无忧了。再加上两人第一次见面的感觉还不错，勉强也算是一见钟情了，相较于贾宝玉富二代的身份和身边的莺莺燕燕，这个贾芸让她觉得更加踏实。

于是小红毅然决然地放弃了贾宝玉，开始在贾芸身上留心眼了。

小红的及时转弯不仅体现在择偶上，在事业上面，小红也放弃了比较好相处的上司贾宝玉，投向了凤姐身边。当凤姐这边有事情找人的时候，小红眼疾手快地就迎了上去，出色地完成了凤姐交代下来的任务。

接下来凤姐直接跟她原来的主子贾宝玉要人，小红自己一点都没费劲，轻轻松松就得到了一个发展的平台。

红楼丫鬟之芳官
——古灵精怪到沉默寡言

《红楼梦》中的芳官是个戏子,她虽身份低下,但她从进大观园开始就得到了不错的待遇,生活得如鱼得水。之后,她成了怡红院的小丫头,也因为她多才多艺、古灵精怪,颇得贾宝玉的喜爱。其他的丫鬟们见她年纪尚小又是戏班子出身,平时也不与她计较。就这样,芳官日子倒也过得随心所欲、自由自在。

芳官跟在贾宝玉的身边也没少胡闹,没事就穿穿男人衣服,扮个小厮跟着贾宝玉出去。她要是惦记以前的同事,也能去别的地方串串门子,闲来无事的时候还跟干娘或者赵姨娘吵吵架。虽是个小小的丫头,芳官吵架、打架的时候也从没吃过亏。

技痒的时候,芳官趁着贾宝玉生日还能唱上几句,让大家热闹热闹。她的古灵精怪使得原来就热闹的怡红院更增添了欢声笑语,但是她从未想过她早就成了出头鸟了。本来她的出身就低,再加上她不管不顾的性格,更容易让人抓住小辫子。

所以当众人抄检大观园的时候,虽然她什么问题都没有,可单单因为她的出身和与贾宝玉之间的胡闹,直接惹得王夫人将所有的戏子都赶出大观园。

此时的芳官羞愤不已,她没有跟其他的姐妹们一样回到老家,而是选择了断红尘来表示愤怒和清白。从此花一样的女孩子变得成熟起来,原本叽叽喳喳的她也变得沉默寡言,她背着狐狸精的名声狼狈地来到了水仙庵里,从此再没有欢声笑语,有的只是做不完的活,念不完的经。

红楼丫鬟之入画
—— 无可奈何进皇宫

《红楼梦》中有"原应叹息"四春，对应的，她们手下也有"琴棋书画"四个大丫鬟。可惜这几个丫头跟她们的主子一样，之后的命运也不大好。抱琴随着贾元春入了深似海的宫门，从此祸福难料，只得了表面风光；司棋自小娇生惯养得跟个小姐似的，只可惜最后爱错了人，身心受挫，红颜薄命；侍书跟着探春远嫁，背井离乡，只能是自求多福了；入画是惜春的丫鬟，原是很低调的一个丫头，却因为私自传递物件，被推向了风口浪尖。

入画是从小就跟着惜春一起长大的，两人的关系应该说是非常融洽的，如无意外的话，她可能一辈子都会跟着惜春，服侍她到老。可是偏偏天不遂人愿，在凤姐抄检大观园的时候，发现了她私自传授物件。这虽然违反了贾府的规矩，但是因为东西是干净的，又是跟她哥哥传递的，凤姐也觉得是可以原谅的。眼看着危机马上就要过去了，但是惜春的决绝却让入画不得不离开了大观园。

看着自己从小伺候的姑娘在自己最危难的时候如此绝情，不仅不为她说一句话，还要把她赶走，入画心中真是悲痛欲绝。尽管她一次次地恳求，最后换来的却是惜春的狠心拒绝。

　　懦弱如迎春，她的丫鬟离开时，她虽然不能求情，但好歹还会伤心流泪。但是惜春不是，她撵走入画的时候，更多的不是伤心，而是生怕她的事情会连累到自己。

　　面对这样冷血的主子，入画就算是有千百个心要留下来，最后也只能心灰意冷地离开。她没想到这个昔日热热闹闹的大观园，顷刻间就变得寒凉刺骨。

　　入画绝望地离开了贾府，从此惜春也就更加形影相吊、孤孤单单了，最后只能与青灯古佛相伴。

红楼丫鬟之茜雪
——一杯茶的冤走

《红楼梦》中除了贾母、王夫人等人外,当属贾宝玉的丫鬟最多。这些丫鬟也都不是省油的灯,虽然平日里还算安分,但免不了要和婆子们吵上几架。茜雪就是因争吵而遭了殃。

茜雪原是贾宝玉房里一个普普通通的小丫头,没有袭人贤惠,也没有晴雯出挑,一直做着自己分内的事情。但是因为一碗茶,她被推上了风口浪尖,最后丢掉了差事。

这原是很普通的一天,贾宝玉走亲访友回来,喝了些酒,他想起自己早上泡了杯枫露茶,却没想到被奶妈喝了。茜雪原就是回个话而已,不想贾宝玉借着酒劲就把茶杯砸了,说话嗓门也高了八度。茶水弄脏了茜雪的裙子,宝玉还动了气,袭人等都来劝说,贾母也打发人来看是怎么回事。

这一看,贾母便认为是茜雪闹出来的事情,二话不说就要将她撵出去。可怜的茜雪,喝茶的不是自己,把杯子摔了的也不是自己,但就是因为回了句话,白白为他人担了罪名,最后被赶出了贾府。

茜雪因为一杯枫露茶而冤走,是悲惨的,却也是幸运的,因为她没有在贾府受到太多的痛苦,在悲剧到来之前,她已经离开了这不幸之地。

红楼丫鬟之金钏儿
——以死证清白

金钏儿原是王夫人最喜欢的一个丫鬟，也是王夫人最信任的一个丫鬟，虽不能说前途无量，但也能为自己谋得一个比较好的未来，可就是因为一次意外，她白白断送了性命。

金钏儿是个表面看起来活泼开朗，其实内心却把自己封得严严实实的小丫头，她平日里可以跟身边的小丫鬟们打成一片，但是却在心里将所有的人都拒之千里之外。性格决定命运，她内心孤僻，连她的亲妹妹都认为她怪异，和她不怎么亲近。

所以尽管金钏儿表面上人际关系很好，也能得到王夫人的赏识，但是一出了事情，连个愿意帮她忙的人都没有。她跟宝玉开玩笑被王夫人听到了，王夫人当场就给了她一个耳光，然后就命人把她赶了出去。

在众姐妹里，跟贾宝玉要好的不在少数，薛宝钗、林黛玉、史湘云这几个人都跟宝玉很亲近，因为她们的身份，王夫人从未规劝过贾宝玉离她们远一点。但是当听见金钏儿跟贾宝玉的对话，王夫人就立马认定了金钏儿是在勾引宝玉，马上对她做出了严厉的惩罚。

　　金钏儿被赶出去之后也没有想过之后的路要怎么走，她想回到王夫人身边，但又觉得没有颜面再回去。想着自己已经成为人们眼中的狐狸精，她接受不了这种羞辱，最终选择了跳井自杀。也许她觉得，继续活着才是最痛苦的事情，只有死了才能结束所有的不堪。

红楼丫鬟之香菱
——总与幸福擦肩而过

香菱原本有个幸福的家庭，生活不算富裕，但一家人也算是衣食无忧，其乐融融。可自从被拐子拐走之后，她的生活就被重新洗牌了，过去的一切连同记忆都不存在了，从此小家碧玉的小姐成了拐子赚钱的工具。

时隔多年之后，她又一次跟幸福擦肩而过，本可以找个普通的丈夫，小两口恩恩爱爱地过日子。但是呆霸王薛蟠的出现却破坏了她下半辈子的幸福，使她身上背着一条情债，害死了一个痴情公子。后来与薛蟠关系有所缓和，却又因新妇进门容不得她，只能以一个尴尬的身份跟着薛姨妈进了贾府暂住。

"一入豪门深似海"，香菱一开始还不太明白这句话的深意，尽管知道自己早晚都是薛蟠的人，但是她还是先顾着眼前，伺候薛家母女，跟着贾府中的丫头和小姐们一处玩耍作乐。她在贾府的时光似乎是不错的，很受人喜欢。

可一旦成了薛蟠的人，她就失去了自由，但凡是薛蟠在家的日子，她只能亦奴亦妾伺候着薛蟠。好在薛蟠当初只是花心，家中还没有母老虎坐镇，香菱的日子也算太平，盼到薛蟠外出办事的时候，她还能过几天舒心日子。

但好景不长，薛蟠没过多久就回来了，并且娶了妻。她本以为夏金桂是个温柔贤淑、知书达理的千金小姐，但没想到她是个母老虎。

从夏金桂进门的那一刻开始，香菱就知道一生要生活在火海当中，所以她格外小心地伺候着。可再怎么小心也架不住有人陷害，她一次次被人算计，一次次以泪洗面。

香菱是个讨人喜欢的丫头，但就是因为她的可爱开启了她的悲剧之门。她的可爱让她离开了亲人，背井离乡成了拐子的"女儿"；她的可爱让她进入豪门，结识了一帮美丽的小姐和丫鬟们，给了她一个最美的梦；她的可爱最终也让她成了豪门悲剧的牺牲者，成了丈夫的弃妇、女主人的眼中钉、阴谋中的人偶，任人践踏。她被推进了万丈深渊，再也见不到人世间的一点美好。

·红楼丫鬟之紫鹃
——为主子殚精竭虑·

当林黛玉带着悲伤离开家乡，离开父亲的时候，她完全没有想到会遇到自己命中的克星，也没有想到会遇到一位真正的好姐妹。初到贾府的时候，紫鹃只是贾母送给林黛玉的一个丫头，那时候的名字还叫鹦哥。

渐渐地二人从主仆关系变成了姐妹，紫鹃用心服侍着她的这位新主子，将心比心，事无巨细，只有林黛玉料不到的，没有紫鹃想不齐全的。

林黛玉出门在外的时候，紫鹃会担心她的冷暖，时不时派遣丫鬟去问候或是亲自过去，就怕林黛玉睡晚了，一夜不得休息。林黛玉想家、思念亲人的时候，她就静静地陪着，偶尔说些宽慰的话，不至于让林黛玉觉得身边一个贴心人都没有。至于林黛玉的饮食起居，她就更加小心翼翼，照顾得很周到。

每每林黛玉跟她的冤家贾宝玉有什么矛盾的时候，紫鹃就心急如焚，时不时从中调停。为了让"好姐妹"林黛玉能够获得幸福，她可以变着法地试探贾宝玉，最后闹出一场轩然大波。真情是试出来了，但是也把林黛玉吓坏了，病情更严重了些。贾宝玉更加痴痴呆呆，病了好一阵子才有所好转。紫鹃这时候不仅要照顾吓傻了的贾宝玉，担心犯了病的林黛玉，还要被贾母等一干上司批评教育一通。但她心甘情愿承受着这些，为了林黛玉的幸福，她没什么不能做的。

为了帮助林黛玉获得幸福，她不顾身份，厚着脸皮请求薛姨妈为林黛玉说媒，以便让宝黛的亲事定下来。这一举动让林黛玉重燃起希望，她自己却被薛姨妈奚落了一番，即便是这样，紫鹃也没有退却。

紫鹃跟袭人都是在为主子的未来努力，但不同的是，袭人是要借着主子的荣耀来提升地位，说到底还是为了自己。紫鹃却是一心一意只为了林黛玉的幸福考虑，她最大的心愿也不过就是跟着林黛玉一辈子，不曾想过要从奴才变成半个主子。她对于林黛玉的付出是无私的，从未想过她的付出可以为自己谋取些什么，只是希望林黛玉可以幸福快乐，不要再整日伤春悲秋、眼泪汪汪的了。紫鹃在林黛玉身边，最想对她说的一句话是"你若幸福，我便安心"，她也一直是这么做的。只是她的一己之力终究不能改变黛玉悲惨的结局，枉费了一番心血。

·红楼丫鬟之平儿
——不求有功但求无过·

人说"男怕入错行,女怕嫁错郎",但要是有女子不仅嫁错郎,还入错了行,这日子就很难过了。平儿原是王熙凤的陪嫁丫鬟,一出生就入错了行还跟错了人,之后又成了贾琏房里的人,连第二次的出路都选错了,每天的生活都如履薄冰。

就在这样艰难的生活中,她还是赢得了上上下下一致的好评,就连王熙凤也没能挑出她什么刺来。而平儿之所以能在这样艰难的处境中左右逢源,就是因为她信奉一句话"不求有功,但求无过"。她做什么事情都是小心翼翼的,既把事情处理得井井有条,但又不会让自己太拔尖。

王熙凤好大喜功,事业心极强,最爱出风头。平儿深深知道这一点,所以凡事只是帮她处理好了,但是自己不邀功,还大事小事一一汇报、请示,这一点让王熙凤很是喜欢。王熙凤跟下人之间的关系不睦,与姐妹们之间的关系也只停留在表面。而平儿更圆滑些,她跟下人之间关系融洽,恩威并施让婆子丫鬟们也对她心服口服。当贾探春因为婆子们对她敷衍了事而生气的时候,平儿两头忙,一方面耐心安抚好探春,给她找回了面子;一方面又跟婆子们晓以大义,让她们收敛一下平时的气焰,使得这件事情最后两全了,连贾探春也不得不佩服她的为人处事。

在公事上面平儿是王熙凤的得力助手,做事情不敢有丝毫的差错。在生活上平儿也是处处忌讳着,生怕自己会陷入尴尬的境地。她虽是贾琏房里的人,但是还是时时刻刻跟贾琏保持着距离,有时候说话都要隔着门户,就怕惹得王熙凤打翻了醋坛子。只因为她深深知道王熙凤虽然把自己给了贾琏,但那不过是为了堵住众人的口,其实是心不甘情不愿的。她宁可得罪贾琏,也不想多一个王熙凤这样的敌人。因此她也是能让王熙凤心甘情愿跟她低声下气道歉的人。

不过尤二姐进府之后她的处境就更艰难了,一方面她同情尤二姐的悲惨遭遇,另一方面她也不敢得罪凤姐。所以她做事情就更加小心谨慎了,最后虽然惹得顶头上司有些不悦,可两人之间的关系还是没有受到影响,以至于最后她还能拿出钱来给贾琏,把尤二姐的丧事办得体面些。

平儿把自己最好的青春年华都给了贾琏夫妇，尤其是给了王熙凤，她"不求有功，但求无过"的工作态度，不仅让王熙凤对她很是依赖，同时也保住了不少人，是贾府里真正的聪明人。

·红楼丫鬟之鸳鸯
——依靠贾母躲风波·

鸳鸯是一种成双成对的动物，古语有"鸳鸯戏水""只羡鸳鸯不羡仙"，人们习惯把拥有美好爱情的伴侣称为鸳鸯。但是《红楼梦》中的鸳鸯却没有这么好命，她不仅没有美好的爱情，甚至愿意一生不嫁。

贾府里的不少丫鬟都信奉一句话"干得好不如嫁得好"，所以很多人都希望通过嫁人来改变命运，比如说袭人、彩霞等人。但是鸳鸯似乎一早就看透了这个世界，她不相信贾府中的男人，不只是明白这些男人靠不住，更知道命运根本就不掌握在自己手里。她清楚如果想要对未来有点主动权，就是要伺候好贾府的大主子——贾母。

鸳鸯作为贾母身边的大丫鬟，很出色地完成了本职工作，明里她是贾母的丫鬟，其实她还是贾母的账房先生，也是贾母的眼耳口鼻，是她的拐杖，是贾母身边最不可或缺的人。她身兼数职，让贾母不可失去她,而她也不能失去贾母这个靠山,故而一早就断了情欲。

但麻烦还是上门了,鸳鸯的美貌被贾赦看中了。贾赦要纳她为妾。鸳鸯心里跟明镜似的,贾赦看中的哪是她,分明是看中了老太太的私房钱。要是她真答应了,自然也不会有什么好下场。

这一次鸳鸯不惜跟哥哥嫂嫂翻脸,跟贾赦夫妇撕破脸皮,冒着被赶出大观园的危险来到了贾母面前,表达自己不嫁人的决心。她的勇敢、可怜、忠心换得了贾母的喜爱,保住了她的位置。贾母还痛骂了贾赦夫妇,暂时绝了贾赦的痴心妄想。

经过这一场闹腾后,鸳鸯似乎取得了未来的主动权,但是贾母已经是花甲老人了,而她还青春年少,只要贾母一走,她的免死金牌也就彻底失效了。从被贾赦看上的那一刻,鸳鸯就知道自己已经身处龙潭虎穴了,她怎么也躲不过这最后的大劫。

所以贾母死后,她为了不受别人的凌辱,也随着贾母的脚步去了。

·红楼丫鬟之晴雯
——痴情只为一人·

晴雯在有些人的眼中是狐媚惑主的妖精,亦或是目中无人的讨厌鬼、脾气火暴的冲头,当然也会有人觉得她是性格直爽,不矫揉造作的可人儿。怡红院中的晴雯似是林黛玉的影子,一样的相貌出众,而且伶牙俐齿,眼里容不得沙子。

晴雯对于功名利禄不是那么看重,所以尽管自己秀美灵巧,在丫头中是个拔尖的,但她不愿意把这些优势当作筹码,在金钱、权利面前她显得高傲无比。但是在感情面前,她就变得"庸俗不堪"了,她喜欢宝玉,不因为他是宝二爷,只因为他是贾宝玉。

晴雯就像是为情所生的人,她的世界里就一句话"愿得一心人,白首不相离"。她喜欢上了贾宝玉,希望可以跟他一起"执子之手,与子携老"。所以当贾宝玉为了摔坏的扇子跟她斤斤计较的时候,她就开始作天作地,跟他闹了起来。她也会因为宝玉帮着情敌的时候,气上心头跟贾宝玉和袭人争辩。更会因为贾宝玉的一句"你也不用生气，我也猜着你的心事了。我回太太去，你也大了，打发你出去，可好不好"而哭闹不休。但是当贾宝玉事后拿着扇子给她撕，博她开心的时候，她马上就找到台阶下了，开心地将所有的扇子都撕掉了，把之前的忧愁全部抛到九霄云外。

晴雯喜欢宝玉，但只放在心中，不敢直言。她希望自己可以成为贾宝玉的姨娘，可是又不能明说，这份压抑让她时不时就发点小神经。当她输了钱回来取钱的时候，看见宝玉在帮麝月篦头的时候，忍不住就会说几句吃醋的酸话。看见小红接近贾宝玉的时候，她也会跟着秋纹、碧痕等人斥责小红。

可是只要贾宝玉遇到什么为难的事情，她自己比贾宝玉还着急，会想方设法替他解决问题，就算是拖着自己病怏怏的身子勇补孔雀裘，使得病情加重也在所不惜。这一做法不仅是不想让贾宝玉因为孔雀裘惹上麻烦，她更是想告诉贾宝玉其实她可以帮助他渡过难关，也愿意为了他赴汤蹈火。

如果说袭人只能陪着贾宝玉享福，那么晴雯就是贾宝玉身边可以跟他共患难的人。她不仅在贾宝玉的生活起居上照顾得体贴入微，也可以因为爱他而尊重他的一切选择，不管是为官做宰，还是沿街乞讨，她都愿意跟随在贾宝玉的身边不离不弃。

当晴雯来到贾宝玉身边的时候,就已经认定他就是自己一直在找的那个有心人,所以她弥留之际将自己贴身的衣物跟指甲都赠送给了贾宝玉。她想尽管自己不能陪着贾宝玉一生一世、不离不弃,但是希望物件可以陪着贾宝玉日日夜夜,让他有个念想。

这一世的晴雯留在怡红院里面,那一句"愿得一心人,白首不相离"没有亲自说出口。但是她用实际行动将这句话表现得淋漓尽致,以至于贾宝玉这位多情公子在她死后还能记得她,对着芙蓉花作下一篇《芙蓉女儿诔》,也算是成全了晴雯的一片痴心。

· 刘姥姥
　　——可爱的自嘲高手·

　　刘姥姥家跟王夫人家是远房亲戚，因家里年节下揭不开锅，她便带着外孙板儿第一次来到了荣国府，巴结上了王熙凤，跟贾府再一次建立了关系。

　　"方才所说这小小之家，姓王，乃本地人氏，祖上曾作过小小的一个京官，昔年曾与凤姐之祖——王夫人之父认识。因贪王家的势利便连了宗，认作侄儿。那时只有王夫人之大兄——凤姐之父与王夫人，随在京中的知有此一门连宗之族，余者皆不认识。目今其祖已故，只有一个儿子，名唤王成。因家业萧条，仍搬出城外原乡中住去了。王成新近亦因病故，只有其子，小名狗儿。狗儿亦生一子，小名板儿。嫡妻刘氏。又生一女，名唤青儿。一家四口，仍以务农为业。因狗儿白日间又作些生计，刘氏又操井臼

233

等事，青板姊弟两个无人看管，狗儿遂将岳母刘姥姥接来一处过活。这刘姥姥乃是个久经世代的老寡妇，膝下又无子息，只靠两亩薄田度日。如今女婿接来养活，岂不愿意，遂一心一计帮趁着女儿女婿过活起来。"

刘姥姥第二次进府的时候算得上是左右逢源，风光无限了，她将她那种自嘲的庄稼人形象展现得淋漓尽致。她一见贾母就投了贾母的缘，满口村话把在场的人都逗笑得前仰后合的。

刘姥姥将自己在农村的所见所闻讲了一遍，还编了不少农村故事，庄稼人的故事有趣，着实令人入迷。刘姥姥口口声声说自己是个庄稼人，自嘲没怎么见过世面，她的幽默把气氛推到了高潮。尤其是在开饭前的那句："老刘，老刘，食量大如牛，吃个老母猪不抬头。"说得所有人都笑翻了。刘姥姥就连吃饭的时候也没个消停，看着王熙凤故意逗她，她就见机行事，继续自己的自嘲搞笑本色，把在场的人逗得喷饭，好个热闹的饭局。

之后她被王熙凤再一次戏弄，满头插满花朵，她不仅没恼，反而自嘲道："我虽老了，年轻时也风流，爱个花儿粉儿的，今儿索性做个老风流。"说得大家又大笑不止。

她可爱的自嘲形象让这群千金小姐、贵夫人们乐得直跺脚。在参观大观园的时候，她的自嘲不仅逗笑了众人，还为自己赢得了贾惜春的一幅画作。

自嘲功力甚深的刘姥姥，凭着这一项本领，为家人谋取了福利不说，还带着贾府赏赐的东西回家，让村里人都开了回眼。不过她除了自嘲功力了得之外，人也是重情重义，在贾府落难之后，她伸出了援助之手，救出了巧姐。

刘姥姥用自嘲解救了家里的危机，也用自己的绵薄之力帮着王熙凤照顾了巧姐。这个自嘲的庄稼人，表面粗俗，其实内心无比善良，她用风趣幽默逗笑了身边的人，让身边的人过着快乐轻松的日子，哪怕她一直不够富裕，但她活得很开心。

· 茗烟
——护主的顽童·

在贾府众人眼里,贾宝玉最是个不长进且离经叛道的主。但是物以类聚,人以群分,且不论他身边的朋友一个个都是怎样的德行,单单是手下的小厮就个个不是省油的灯。

贾宝玉天性是爱玩的,他的小厮更是一个比一个玩得疯。其中有个小厮叫茗烟,有的版本中也叫焙茗,他每次出场都是热热闹闹的,哪次出场没有一场玩闹,简直就对不起他这个贾宝玉手下的"第一顽童"。

茗烟也是个率真的直肠子,受不得什么闲气,尤其见不得主子贾宝玉被人算计。当他陪着贾宝玉上学堂的时候,一看见贾宝玉跟秦钟被人欺负了,马上就带着手底下的几个小厮大闹私塾。也不管人家是什么亲戚,教书先生跟自己家是什么关系,差点就把私塾给掀了。

最后李贵来做和事佬的时候他还在贾宝玉面前煽风点火,恨不能把这件事情闹得越大越好。

茗烟虽然是个淘气的顽童,但同样也是个有情有义的顽童,做的出格的事情也都是在为贾宝玉考虑。为了让贾宝玉开心点,他会怂恿贾宝玉去袭人家看看,散散心。这点虽然荒唐,却让贾宝玉感到很充实,很快乐。

知道金钏儿的死让贾宝玉心里一直很不安,茗烟就带着他去水仙庵拜祭,也算是了了贾宝玉的一桩心事。这件事也没有让贾府中人知道,保密工作做得还是很好的。茗烟虽然是个顽童,但也还有分寸,是个让主子很放心的顽童。

他不仅个性顽皮,而且头脑很活,贾宝玉有些不方便处理的事情都是他在做。也因为他为人仗义,他会带着贾宝玉去看芳官。可以说没有茗烟帮助的话,贾宝玉很多地方都不能去,很多事情也都办不了。

正因为身边有了茗烟这样一个小顽童,贾宝玉的生活才会显得更加多姿多彩。与其说茗烟是贾宝玉的小厮和书童,不如说是他的玩伴,一个能给贾宝玉的生活增添乐趣的顽童。

· 龄官

——一场梦，一场空·

她是梨香院里最会唱戏的女子，曾经受到贵妃的夸奖，但她也是个可怜人，想离开却偏偏被锁在了金丝笼里面，她就是龄官。龄官原是被贾府买回来的唱戏女子，她在贾府里虽然没有公子小姐这么自由，但过得也还不错。

或许是戏文唱多了，在与贾蔷的相处中，她竟喜欢上了他。起初贾蔷为了讨好她也是煞费苦心，对她照顾周到，体贴入微，生怕有一点不合心意让她不开心。在贾蔷的追求攻势下，龄官也感动了，觉得他就是自己命中注定的那个人。

可是偏偏天不遂人愿，就在龄官傻傻地在风雨中画蔷的时候，她发现自己在贾蔷的心中不过就是个玩物而已，跟花儿鸟儿没什么差别。贾蔷不过就是贪图一时之乐而已，根本不是她想要的那个人。

龄官又是个心思重的人，每每为了一点点小事情她都能想很多，更何况是爱情呢？在贾府复杂的环境中生活已经让她很不快乐，再加上遭遇了这样的事情，可谓雪上加霜，本来就体弱多病的她，一下子就病倒了。

　　生病期间贾蔷对龄官还是不错的，但是在看透了贾蔷的为人后，龄官觉得他不过就是在做表面功夫而已。在贾府，龄官尽管衣食无忧，也颇受赏识，可她总归是有钱人家养在金丝笼里的小鸟，没有一丝自由，有的只是悲伤。她抱着美好的幻想期待的爱情，也不是自己向往的"愿得一心人，白首不相离"，而只是一场游戏而已。最后她伤心欲绝，选择了离开贾府这个是非之地。

红楼一梦
入金陵

· 薛姨妈

——千方百计寻烦恼·

人说"儿孙自有儿孙福,莫为儿孙做远忧",但是大多数家长偏偏做不到这一点,说什么都要为子女谋得一个好前程。《红楼梦》中薛姨妈就是一个典型。她出身于四大家族的王家,嫁到了薛家,可惜福薄,丈夫早早就离开了,所以她尤其疼爱两个孩子,凡事都为他们想得周到。

儿子不争气,她处处袒护着他,薛蟠看上了年轻貌美的香菱,还为此闹出了人命。薛姨妈便厚着老脸请亲戚帮忙摆平了这件事情,为了让儿子安分一点,她还作主把香菱许配给了薛蟠,想让他收收心。但薛蟠在得到香菱之后没两天,就又恢复了本性,在外面惹是生非,差点连命都丢了。这下子薛姨妈又为他擦屁股,绞尽脑汁让儿子少吃亏。

薛蟠看上了夏家的小姐,薛姨妈也是全力配合,让他风风光光把夏金桂娶过门。自此之后薛家就没有太平日子过了,任由夏金桂把薛家闹得天翻地覆、鸡犬不宁。薛姨妈为着自己这个不争气的儿子，也不知道犯了多少回病。

儿子的事情不顺心，女儿这边也不如意。薛宝钗虽然聪明伶俐，谙于世故，但多少也有不称心如意的事。她本想进宫伴读，结果棋差一招未能入选，薛姨妈就开始为女儿谋划起了亲事。她看上了自己姐姐家的小儿子——贾宝玉，于是就不动声色地为女儿的婚事而暗中忙碌，她还早早就放出风去，说宝钗二人是金玉良缘。

俗话说"知己知彼，百战不殆"，为了摸清楚贾宝玉跟林黛玉的感情，还有林黛玉的为人，她还搬到了潇湘馆去居住，美其名曰"照顾林黛玉，心疼她"。她还拿林黛玉作幌子，说自己要给林黛玉跟贾宝玉说媒，其实背地里打着的是金玉良缘的算盘。

经过她的一番折腾，贾宝玉最终跟薛宝钗成了亲，但却是有名无实的夫妻。薛宝钗的一生就这样毁在了自己和母亲的手里，守着一段名存实亡的婚姻。看着丈夫心心念念的都是别的女人，薛宝钗也只能暗自落泪。

为了孩子们能有个好的未来，薛姨妈千方百计为他们谋划，最后孩子们却没有一个幸福的。

·五儿
——临门一脚却进不了怡红院·

但凡是家丁的孩子,或者是跟贾府沾亲带故的穷亲戚们,一个个都是挤破脑袋,想要在贾府为自己谋一个差事,找一个活计。有直接找上贾琏夫妇谋求差事的,也有找上门来直接要钱的,还有找贾府里面当差的人托关系的。总之,只要有一线希望,他们都要拼命争取。

柳婶的女儿——五儿,也是这大部队中的一个,因为她母亲的关系,她先进了大观园。然后慢慢结识了贾宝玉房里面的芳官,两人还成了好朋友,彼此之间要是得了什么好东西的话,也会一起分享。

随着两人关系渐渐变得深厚,芳官对五儿想到怡红院任职这件事情也更加尽心尽力,终于让贾宝玉应允了这件事情。原本只要等到五儿的病好了之后就能够进入怡红院的,只是可惜中途有了变故。柳婶因为玫瑰露、茯苓霜的事情被暂时收押了起来,五儿作为她的女儿自然一同被关了起来。

五儿身体本来就差,又受到了这种不白之冤,百口莫辩不说,还被关了起来,处境自然是不好的,这下子身子骨就算是彻底毁掉了。伤心难过、愤愤不平的五儿,虽说只是被关了一夜,但是病情迅速恶化了。

尽管在众人的帮助下,五儿跟母亲的冤屈洗清了,但是五儿却自此药罐不离手,身子骨怎么都好不全了。她进入怡红院当差的事情也就再没人提起,等到了最后,芳官都自身难保,被送进了尼姑庵。

五儿希望自己可以有份不错的差事,可以到怡红院任职,本来已是内定的人选了,只可惜就那么临门一脚出了岔子,终究事与愿违,抱憾而终,可怜,可叹!

·马道婆
——"有奶便是娘"的贪婪小人·

她原是宝玉挂名的干娘,但也是下诅咒害贾宝玉跟王熙凤的罪魁祸首,她就是马道婆,一个"有奶便是娘"的贪婪小人。

马道婆一开始来贾府是因为宝玉脸受了伤,贾母等人害怕他又得罪了什么小鬼之类的,所以请她来咨询一下。马道婆为了赚钱,就鼓吹着贾母等人为贾宝玉点海灯,保平安。

开始她确实是为了贾宝玉的健康才来的。但等她到了赵姨娘的屋里之后,一切都变了,她告诉赵姨娘除掉贾宝玉和王熙凤的方法。她还帮着赵姨娘给他们两个人做法,弄得二人差点就进了鬼门关。

在人前的时候,她会尽量收敛贪财本色,一边说着要点海灯,一边又说大了不好,会折寿,让点小点的。她把贾母等人忽悠得一愣一愣的,钱也就到手了。这倒还情有可原,毕竟她只是为了钱,没有做害人之事。

但是等她听到赵姨娘想让她做法害人的时候,她嘴里说着阿弥陀佛，心里却开始盘算着怎么赚大钱。此时的她完全忘记了自己的主顾是贾母，看着赵姨娘掏心掏肺地说着以后将用多少钱报答她的时候，她露出了贪财的本性，"有奶便是娘"，只要有钱，让她做什么都行。

她爽快地将害人的法子告诉了赵姨娘，果然不久就见效了，贾宝玉跟王熙凤病得奄奄一息，这时候的她完全没为收过贾母的钱而愧疚。

红楼一梦 入金陵

·赵姨娘
——"作"掉幸福·

赵姨娘原本只是个卑微的丫鬟，因为受到贾政的喜欢做了偏房。她虽然只是一个姨娘，但是却拥有老公的怜爱，比起不受贾政喜欢的王夫人，她也算是幸福的。

因为得到贾政的宠爱，她也为贾政生下了一男一女两个孩子，作为一个姨娘来说，母凭子贵，也能有个不错的晚年。加上探春又是那样一个出色的女孩子，颇得王夫人的赏识和疼爱，按理说赵姨娘该知足了。但赵姨娘是个欲壑难填、胸无大志的女人，她得不到想要的东西，就开始在贾府里面"作天作地"。

她讨厌贾宝玉跟王熙凤这一类含着金钥匙出生，而且事事拔尖儿的人。尤其他们很受贾母的喜欢，他们的出挑更显得她跟儿子身份低下，不招人待见。赵姨娘觉得平时什么好事都轮不上她，实在是不公平，就开始想"作"出点存在感。

她知道明着跟王熙凤等人对着干是不可能的，就只能背后说说坏话，有事没事就拿丫鬟们出出气，常常把后院弄得鸡飞狗跳的，这一"作"首先"作"掉了与探春之间的母女情分。作为女儿，探春时不时会劝告母亲，但赵姨娘丝毫没有悔改，生生把一个好女儿逼到了王夫人身边。相对于对待亲生母亲的那种恨铁不成钢，到后来的无可奈何，探春对待王夫人要恭敬有礼多了。她还曾在贾母面前帮王夫人解围，从感情和地位方面来说，探春更希望母亲是不怒而威的王夫人，而不是烂泥扶不上墙的赵姨娘。

赵姨娘的二"作"就"作"走了儿子的前途。贾环并不是赵姨娘抚养的，如果不是她常常跟儿子灌输思想，让儿子多花时间陪在自己身边，耳濡目染她的恶习，说不定贾环会比宝玉更加得贾政喜欢。但就是由于赵姨娘的"作"，使得贾环成了个扶不起来的阿斗，天天就知道跟小厮们瞎混，正经事情不学，还小家子气，连丫鬟们都不愿意靠近他。他还心生恶念差点毁了贾宝玉的容貌，为自己招惹了滔天大祸，使上上下下的人对他的印象都极坏，王夫人是最容不下他的，贾母也不喜欢他，后来就连他的父亲对他也非常失望了。

赵姨娘开始的小"作"，在贾政眼里是生活的情调，说不定他就喜欢这样的女人，但是随着时间的推移，赵姨娘人老珠黄不说，

"作"得越来越大，渐渐地把丈夫的怜爱也"作"得所剩无几了。当她那些上不了台面的事情传到贾政耳朵里的时候，贾政对她的印象也就越来越坏了。尽管之前他很爱赵姨娘跟贾环，但是随着这母子二人的行为越来越过分，贾政心里的天平也开始倒向贾宝玉这边。他对于贾环的嫌弃，不是针对贾环一个人的，也是针对赵姨娘的。

原本唾手可得的幸福，就是因为赵姨娘的"作天作地"，慢慢地没了。

· 邢岫烟
　　——寒门淑女的悲哀·

　　邢岫烟是邢忠夫妇的女儿，也是邢夫人的侄女，因为家境贫寒才想投奔这个有权有势的贵族亲戚，但是邢夫人对她不过就是做做样子，私底下根本就对她不管不顾。

　　因为出身寒门，连手下的奴才们也不把她放在眼里，他们平时没大没小，暗地里还小偷小摸的，使得原本就贫寒的她更加雪上加霜。但是他们还不满足，要是邢岫烟平日里再不打点的话，他们一个个都是拜高踩低，不会让她过一天安生日子的。

　　邢岫烟原本的二两月钱已经给了家人一半，自己仅留下了一两银子，置办胭脂水粉和首饰都已经不够用了，还要给这些奴才们打赏。邢岫烟无可奈何之下，只能将冬衣典当了。

　　但邢岫烟依旧不受奴才们的待见，平时更加夹着尾巴做人，小心翼翼的。王熙凤甚至都看不下去，想要把这帮老婆子赶出去，她竟然还替她们求情，最后却又没换来好。

249

红楼一梦·入金陵

邢岫烟虽然出身寒门，但是气质高洁如兰，诗词书画样样在行，跟妙玉也有着不解之缘。她人品出众，温柔和顺，善解人意，从未得罪过什么人，甚是招人喜欢。除此之外，她规行矩步，言谈举止之间无不显示着大家闺秀风范。

尽管因出身贫寒，常常被贾府上下忽视，但是邢岫烟没有为此愤愤不平，而是过着恬淡自如的生活。她的出现不会给人带来很深的印象，但是跟她相处很舒服，有时候甚至受益匪浅。她曾经帮过贾宝玉解惑，也曾经为老婆子保住了饭碗。她的付出不求回报，所以更加容易被人忽略，被人遗忘。

寒门淑女邢岫烟在结婚之前的日子是憋屈的、寄人篱下，忍受着心理的煎熬。但是祸福相依，她的结局还是不错的，当她被薛姨妈看中的时候，她的命运就渐渐发生了改变。

因为她品行优良，行为大方，薛姨妈把她跟薛蝌撮合在了一起。薛蝌的家境、性情、样貌也都是出类拔萃的，跟邢岫烟相配，也算是郎才女貌的一对璧人。两人在一起的生活即使不是很富贵，至少也是衣食无忧、相敬如宾。

• 秦钟
——"我欠你一个责任"·

　　贾宝玉极喜欢美丽的女孩子，也爱和长得俊美的男孩子交往，尤其喜欢和他一样长相阴柔，脾气秉性也很温和的男子，所以他才会和秦钟、柳湘莲、蒋玉菡这样的奶油小生成为好朋友。而这些人当中，与他感情最深的莫过于秦钟了。两人之间接触的时间最长，而且脾气性格各个方面都很相似，秦钟在世时两人基本上是形影不离的。

　　秦钟喜欢上了水月庵的智能儿，两个人悄悄地在一起了。不像贾宝玉和林黛玉之间的爱情，心心相印，是最纯洁的，不可亵渎的。秦钟和智能儿之间的爱情最初更多的是欲望和彼此间的利用，秦钟看上的是智能儿的美貌，而智能儿则需要有一个男人能带她离开尼姑庵。后来他们也真心喜欢上了彼此，更加想见到彼此，所以当这件事情被秦钟父亲发现的时候，两人都不知道该怎样处理了。

秦业知道儿子做出这种有辱门风的事情后气病了，不久后就病逝了。秦钟受了父亲笞杖后，又因把父亲气死了添了心病，最后没有留下什么只言片语给智能儿，便断气了。

而智能儿呢，孤注一掷离开了水月庵，满心欢喜以为秦钟会对她负责任，没想到离开了水月庵后，不仅没能和秦钟在一起，反而被赶了出来。秦钟死后，智能儿也不知去向。

这样的悲剧不是智能儿想要的，也不是秦钟想要的。可悲剧就这样子发生了，秦钟也许成了智能儿心中十足的大骗子、负心汉。但秦钟也用生命为他一时冲动的荒唐付出了代价。对于不知情的智能儿来说，秦钟可能永远欠她一个责任。

现在社会上像秦钟这样的也不在少数，他们不知道责任是什么，只知道由着性子来做事很酷、很有型，我行我素。他们觉得这样的生活很开心，但是从未考虑过其他人的想法，没想过生活在这个社会上，不是对自己负责就可以的，还要对他人负责任。不要真的等到别人来告诉你"知道吗？你永远欠他一个责任"。要是等到那个时候就是后悔也无济于事了，任性可以，但必须要有一个度，不能一辈子的任性。

责任是社会赋予你的使命，也是你获得权利所必须付出的代价。

所以人活一世要明白责任，然后担负起责任，这才是一个人在这个世上最应该尽的义务。

·贾雨村
——起起落落的官场人生·

"虽我未学,下笔无文,又何妨用假语村言敷演出一段故事来,以悦人之耳目哉。故曰贾雨村云云。"《红楼梦》第一回的开头还未引出故事,就先提到了贾雨村的名字。

贾雨村一早就出现在了开篇第一回中,那时候的他只是个穷得丁当响的秀才,呆在葫芦庙里面靠卖字画为生,可是心中却有着宏图大志。"玉在椟中求善价,钗于奁内待时飞。"就因为这两句话,甄士隐向贾雨村伸出了橄榄枝,主动资助他进京赶考。

在甄士隐的支持下,再加上他本身的才华,穷秀才一下子就考中了进士,成了知府大人。贾雨村一时风光无限,还跟红颜知己重逢了,之后,娇杏还给他生了个大胖小子,可谓是爱情事业双丰收。

但他春风得意了没多久,由于他恃才傲物,被人以贪污之名参了一本。风生水起的官场生涯眼看着就要毁于一旦了,贾雨村无力补救,只能自认倒霉。

他没有终日在家郁郁寡欢，而是开始四处游历。钱不够了就到别人家里去任教一段时间，小日子过得还算惬意。机缘巧合下，他来到了林黛玉的家中做家庭教师，林黛玉是个聪明却多病的孩子，不需要操什么心，课业也都说得过去。

一次偶然的机会，贾雨村得到了冷子兴的点拨，也是他的福气到了。林如海的丈母娘贾母见林黛玉幼年丧母，不忍心将她一个人留在家里，要接到身边照顾，林如海便修书一封，将贾雨村举荐给了二舅子贾政。贾雨村做了个顺水人情，将林黛玉带到了贾府，自己也得到了贾政的赏识，回到了官场之上。

有了四大家族之一贾家的支持，贾雨村在官场上就顺风顺水了，不多久就做了顺天府尹。这时候薛家闹出了事情，在贾雨村的帮助之下，薛蟠连面都没露，就把事情处理得干干净净的，而贾雨村也凭借这件事情，拉近了和四大家族的关系。

贾雨村在官场上的第二春可谓是如日中天，他深得贾政的欢心，两人之间的交往也甚是密切。在这期间贾府也总是喜事连连：元春入选凤藻宫，贾政也升职了。风风火火的贾府似乎也带火了贾雨村，使他在官场上如沐春风般步步高升。

只可惜他不知收敛，最后还是因为贪赃枉法被革职了。此时贾

红楼一梦
入金陵

家已经自身难保，贾雨村就更没了翻身的机会。短短的官场生涯中，贾雨村大起大落，他享受过权力给他带来的奢靡生活，也饱尝过世间的炎凉。因为这几次的起起落落，贾雨村的性情也回归到了最初的那份平淡。

· 甄士隐
——历经世态炎凉·

"此开卷第一回也。作者自云,因曾历过一番梦幻之后,故将真事隐去,而借'通灵'说此石头记一书也。故曰'甄士隐'云云。"《红楼梦》开篇就提到了甄士隐的名字。

这甄士隐家中虽不甚富贵,然本地也推他为望族了。甄士隐秉性恬淡,不以功名为念,每日只喜观花种竹,酌酒吟诗为乐,倒是神仙一般的人物。他生活中也愿意结交一些才华横溢的读书人,所以就跟贾雨村来往密切,时不时就请贾雨村过府一叙。同时他也很愿意帮助有才之人,他欣赏贾雨村的才华,欲出手相助,可是又怕人家拒绝,便迟迟没有出手。在听了贾雨村的雄心壮志之后,他二话没说就拿出银两资助贾雨村上京赶考。

甄士隐不仅给了贾雨村银两,还为他做了周密的打算,帮助他在京师找到栖息之所,只是贾雨村走得早,没有拿到推荐信而已。

可是甄士隐生活又是不幸的,没过多久,他的女儿就失踪了,他的身体每况愈下,夫妇二人天天郁郁寡欢。偏偏祸不单行,就在此时房子也被烧了。一夜之间夫妻二人一无所有,只得来到妻子的娘家寄人篱下,苟活于世。他的岳父是个见钱眼开、唯利是图的人,看在钱的份上,一开始没说什么。

> 士隐乃读书之人,不惯生理稼穑等事,勉强支持了一二年,越觉穷了下去。封肃每见面时,便说些现成话;且人前人后,又怨他们不善过,只一味好吃懒做等语。士隐知投人不着,心中未免悔恨;再兼上年惊吓,急忿怨痛,已有积伤:暮年之人贫病交攻,竟渐渐的露出了那下世的光景来。

原本甄士隐就已经是心如死灰了,现在又被岳父这样放冷箭,他便更想放下红尘俗世中的一切了。他本身也颇有慧根,遇上了来度化的跛足道人,两人一拍即合,便告别了红尘俗世。

甄士隐的故事是短暂的,但是他的出现交代了《红楼梦》的结局,也成就了贾雨村的事业。只是功德再多,终究抵不过造化弄人。

第三章 红楼遐思

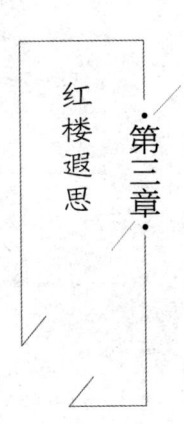

·《红楼梦》中最浪漫的爱情故事·

贾芸是贾府的穷亲戚,为了摆脱命运,他千方百计去讨好贾琏跟王熙凤,为自己谋了个差事,靠勤劳在贾府发家致富。他为了出人头地,不惜开玩笑认比自己小很多的贾宝玉为父亲,不为别的,就是想改善生活环境。

小红是宝玉房里并不受重视的粗使小丫头,平日里在宝玉面前连露脸的机会都不常有,好容易熬到了在宝玉面前崭露头角的机会,没想到才刚刚出场就被众丫鬟给挤开了。

两个都是不起眼的小人物,在大观园里都是被忽视的人,却携手谱写了《红楼梦》中最浪漫的爱情故事。虽不是跌宕起伏、感天动地,但却踏踏实实、令人羡慕。

一见钟情,再见倾心,锦帕传情,这些浪漫的事情都在他们的身上发生着。那一日,贾芸兴高采烈地来到了大观园,为的就是要找他那个"父亲"贾宝玉赴约的,谁成想被一盆凉水泼到底了。贾宝玉不仅此刻不在园中,而且今日也是见不到的,等了也是白等,伤心失望之余，他看到了自己的真命天女——小红。那个十六七岁的丫头，生得倒也细巧干净。这小红在怡红院中虽不出众，却偏偏对了贾芸的眼，更难得的是小红也看上了这位芸少爷。

他们一见钟情是源于一块手帕。当时小红的手帕已丢失一段日子了，却在贾芸那里看见了一模一样的帕子，正不知道该怎么确认这件事情的时候，丘比特从天而降，坠儿这个不可或缺的红娘开始为这两人的爱情奔走。一块普普通通的手帕，成了两人爱情的见证。

一个原本连贾宝玉身边的贴身丫鬟都不敢直视的害羞少年，在不知不觉间，居然将自己"父亲"贾宝玉房里的粗使丫鬟变成了枕边人。一个曾渴望成为富二代枕边人的小丫鬟，遇到真爱之后彻底断了对富二代的念想，更明智地投向了心上人的怀抱。

在所有人都在顾此失彼的时候，贾芸跟小红两人却爱情事业双丰收，两人的地下恋情也在小心翼翼的呵护下渐渐开花结果。

·红楼中似真似假的翁媳传闻·

秦可卿是《红楼梦》中最美丽的一个谜团，从生到死都是一个解不开的谜。没有人知道她的亲生父母是谁，只知道她是秦业的养女。但是一个养女却偏偏嫁给了贾蓉这样一个富二代，并且还得到了所有人的喜爱。

秦可卿在宁国府的长辈眼中近乎完美，没有人可以挑出她的毛病。兄弟姐妹间也很是和睦，可偏偏这样的一个人，却有一段不堪的翁媳传闻。

贾珍好色是出了名的，但是人人提到秦可卿的时候都是赞美叹服，没人会把这样两个天差地别的人放在一起。秦可卿在贾府中为人处事也是格外小心，生怕自己有什么差池，就这样小心还是被人说"扒灰的扒灰，养小叔子的养小叔子"。这一句话让翁媳间的感情似乎外露了，可又更加扑朔迷离了。

贾珍对这个儿媳妇格外好是所有人都看在眼里的，偏偏贾蓉身为秦可卿的丈夫，既没有因为这件事情疏远父亲，跟妻子之间似乎也是相安无事。只一点，贾蓉对这个妻子冷淡得很，不管是秦可卿生病还是死了，最伤心欲绝、生不如死的居然是贾珍，不知道是公公感情太丰富，还是丈夫太过冷静。

而贾珍的续弦尤氏对两人的态度则更加令人匪夷所思了，她对待秦可卿异常友好。秦可卿生病时，她着急给她找大夫医治，秦可卿死了，她也跟着老了一大圈，就像是死了亲生女儿一般。

秦可卿病得出奇，死得更加离奇。她突然病了，并且一病不起，既没有受什么大的精神刺激，也没有得什么大病，但是人却一蹶不振了。

秦可卿这一走可就有好戏看了，冷静异常的丈夫对这件事情一点都不关心，都由父亲一手办理。忙得四脚朝天的贾珍，又是要倾尽所有，又是要为儿子蠲官，想风风光光地帮儿媳妇办丧事。贾珍在处理自己父亲的丧事时都没有这么用心过，这会子倒是忙得晕头转向了。忙活完这边又忙那边的，家里人手不够还请了王熙凤这个强大的外援助阵。儿媳妇的丧礼上他更是痛哭流涕，整个人老了不少。

不得不说这一家四口实在是相亲相爱，但不知道为什么贾蓉续弦之后，贾珍对小两口的事情就不那么上心了。

贾母等人不喜欢家世背景、人品性格不干净的女孩子，可偏偏对这个秦可卿另眼相看。想当初尤二姐因为相貌出众得到贾母的喜爱，但也因为跟张华之间的婚约让贾母不喜欢她了。可是对于秦可卿，贾母历来就喜欢，对于这段绯闻，她也一直没什么反应，所以就更添神秘了。

一则似真似假的翁媳绯闻，就像女主角本身的迷雾一样，还没有等人弄明白就已经消失得无影无踪了。这段雾里看花的感情随着女主角的离去，再也不曾被人提起过。她还是那个美丽善良的秦可卿、蓉奶奶，人们记住了她的美丽，也记住了那个不知真假的绯闻。谜一样的女子，带着谜团出生，带着谜团嫁到了宁国府，开始了一段似真似假的恋情，最后在烟雾中消失了，彻彻底底。她是《红楼梦》中神秘的维纳斯，尽管不完美，却美得让人难以忘记。

红楼一梦 入金陵

·红楼中尼姑的反叛·

  智能儿当初心不甘情不愿遁入了空门，从此做着自己不喜欢甚至厌恶的事情。她看着师傅溜须拍马、阿谀奉承，欺骗无知少女，自己还要假装虔诚地吃斋念佛，以求六根清净。智能儿天天生活在压抑中，她向往外面的生活，渴望自己可以跟惜春小姐一样，在花红柳绿中享受俗世生活。梦想跟现实的巨大差距让智能儿的心更加不安分，她乐于跟惜春和宝玉这样的富二代接近，为的就是找人带自己离开庵堂。

  那一年，她遇上了翩翩美少年秦钟。秦钟的家世背景虽然没有贾宝玉家那么雄厚，可也能养活她。秦钟也喜欢智能儿，两人可以说是两情相悦。

  那一夜，一时冲动下，两人正准备偷吃禁果，谁成想却偏偏被贾宝玉撞见了。原以为要大难临头了，不成想贾宝玉非但没有将这件事情说出去，反而帮着他们求着王熙凤让他们多待些日子，这就给了两人更多亲近的机会。于是两人更是情根深种，相依相偎，难舍难分。正因为如此，智能儿下定决心要离开水月庵，如果秦钟没有及时将自己带离这个樊笼，那她就自己想办法离开。

那一天她终于鼓起勇气，来到秦钟家里见他，情人见面自是你侬我侬，难舍难分的，可不料这件事情马上就被秦钟的父亲秦业知道了。秦业说什么都是容不下智能儿的，秦钟也受了一顿责罚，哪还有本事去保护智能儿，这对小恋人除了分开也没有别的选择了。

为了这段不被世俗认同的恋情，秦钟付出了巨大的代价，他气死了父亲，自己也没了活下去的念头，最后也病死了，而智能儿也不知下落。

如果回到当初，智能儿还会选择向往惜春她们的生活，努力追求自由吗？她还会不顾一切跟秦钟相爱，最后生离死别吗？

红楼一梦

入金陵

・富贵乡中的一场南柯梦・

认识贾蔷的时候,龄官还是个小女孩,她只知道他叫贾蔷,是帮着荣国府来采买戏子的。而他只把她当作十二个戏子中的一个,并没有什么特别的。

来到金陵之后,她跟着她的伙伴们住进了梨香院,而他继续照看这些女孩子的生活起居。正因如此,两人有了更多相处的机会,也更加了解了彼此,贾蔷知道她的名字叫龄官,两人之间越走越近。贾蔷在贾府里面办事得利的时候,龄官的嗓子也越来越好了,她的才艺也越来越出众。在贵妃省亲的时候,她得到了贵妃的大加赞赏。这时候高兴的不仅是她,还有他更加为她欢呼雀跃。

两人的感情在这样的朝夕相处中慢慢升华,开心的时候他们就甜蜜地腻在一起,不开心的时候也吵吵小架。伤了自尊了,她就跑到大观园画蔷,伤心落泪。连富贵闲人贾宝玉看到此景,都为之动容。

热恋的时候总是花好月圆的,但是热情退却之后,就开始有矛盾了。浓情蜜意的时候,吵架也是甜蜜的,但是冷却之后,怎么都是不对劲的。渐渐地,她认清楚了两人之间的身份,她不过是贾府请来的戏子。而他呢,有个贾姓,再怎么也是这贾府中的富家公子,再落魄也比她的身份高多了。所以贾蔷送她鸟时,她觉得自己本就是这笼中鸟,便不忍心将这生物困住,便让贾蔷把鸟放了出去。

贾蔷一开始还会用尽心思哄龄官,但是当她让他在他二叔面前没面子的时候,贾蔷的热情也就渐渐凉了下来。两人的爱情温度退了,也就只能渐行渐远了。

为了这段爱情,龄官赔上了健康,她整天胡思乱想,郁郁寡欢。她原来还有一个不错的嗓子,但是因为身体垮了,嗓子自然也大不如前了。她本以为是一场富贵梦,到头来发现所有的美好不过是南柯一梦。而他呢,还是富家公子贾蔷,照样风光地在贾府里面办事,依旧可以认识许多不错的女孩子,什么都没有损失,甚至不需要为她流一滴眼泪。

龄官,一如芳官、藕官,没什么差别。虽然住在富贵乡中,可眼前的富贵都不是她的,梦碎了,心也碎了。

红楼一梦
入金陵

· 爱情敌不过父母之命媒妁之言 ·

　　她曾经是一棵默默无闻的绛株草,但是因为他的浇灌,她修炼成了女体。当初的浇灌之情她没有忘却,为了报答他的恩情,她久久不愿离去。那时候的她叫作绛珠仙草,而他则是警幻仙姑手下的神瑛侍者。

　　为了还他的恩情,她特地来到了警幻仙姑那里,求了一生为人的机会,用一生的眼泪报恩。她跟着他下到了凡间,今生的他们成了表兄妹,虽出生时相隔数千里,但终于还是见面了。这时候的她叫做林黛玉,他叫做贾宝玉,两块玉碰到了一块儿,一见面就有了似曾相识的感觉。虽然记忆全无,她却忘不了那份初相逢时的感觉,那种朝夕相对的熟悉感。

　　第一次见面,他就为了她摔了通灵宝玉,惹得在场的人好一通惊慌。她为他流了第一场眼泪,从此眼泪便一发不可收拾了。

　　这一天贾府里面多了一个姐姐,姐姐美丽大方,人见人爱,雍容华贵,满腹诗书,妹妹一下子就被姐姐比了下去。他们之间也就为了薛宝钗有了嫌隙,她总担心他有了姐姐就忘了妹妹,他也在姐姐妹妹之间不停转悠着。更可怕的是,后来贾府中传出"金玉良缘"的说法,这就让她的心里更加没底了。

她视他为知己,他也当她是唯一的知心人,两人渐渐懂了彼此的心。从吵吵闹闹到心有灵犀,他们悄悄种下了爱情的种子。可是这样的爱情却不被看好,她怎么都不能得到王夫人的喜欢和支持,也得不到贵妃娘娘的支持,两人陷入了愁苦。但是他们依旧用心爱着。他可以为了丫鬟的一个玩笑,病得三魂六魄都丢了,整个人痴痴傻傻的。她也可以为了他把自己弄得病怏怏的,甚至流干眼泪。

这段爱情让她丢了性命。而宝钗姐姐因为性格、脾气好,受到老人们的喜欢,又有贵妃的赐婚,最后成就了和宝玉的金玉良缘。

虽然薛宝钗最后得到了贾宝玉,但没有了爱情的他,只是一具空壳,之前是疯癫的,现在就是无神的,做什么都是机械式的,一点真心都没有了。但是家庭的败落还要靠他来振兴,他还有自己不能推卸的责任,所以他只能孤苦伶仃地活在这个世上。

直到有一天,他觉得他的侄儿贾兰成材了,叔侄俩一起去考科举,都中了,贾家后继有人了。他知道已经再也没有继续待下去的理由了，他毅然决然抛下如花美眷与家庭，抛下了荣华富贵，远离红尘而去。而宝钗终其一生，没有得到爱情，最后婚姻也没有了，自己到底成了孤家寡人。

这就是宝黛钗的故事，一个男人跟两个女人的故事，一段爱情敌不过封建礼制的故事。宝黛彼此深爱对方，希望"愿得一人心，白首不相离"，但是偏偏中间多了一个姐姐。前世的姻缘，今生的爱恋，多少的浓情蜜意，他们在落花雨中共读西厢，在落花丛中互诉衷肠。她为他的多情哭泣，痛吟《葬花吟》，句句肺腑，简直就是肝肠寸断。他为她的离去痴痴呆呆，泪流满面。但是不管他们怎么情深，还是敌不过那一句"金玉良缘"。

黛玉曾把宝钗当作敌人，觉得她是个藏奸的，处处让她难堪。但是那时候的宝钗心思在锦绣前程上，不跟她计较，还是跟所有人都交好，对她是更加的好，最后黛玉终于把宝钗当成了自己人。

最后，黛玉的意中人，却成了宝钗的枕边人。林黛玉伤心欲绝地走了，魂断潇湘，别了姐姐，抛了哥哥，再也回不到大观园了。

这一世他们就这样伤心断肠过后，桥归桥，路归路了。那么下一世呢？他们还会有怎样的故事呢？

·贾政与贾宝玉别扭的父子情·

在《红楼梦》中,贾政虽然出场不多,但一直是个不可忽视的存在。对于贾宝玉来说,贾政老爹更是一个噩梦。而贾政呢,对这个整天只喜欢在女孩堆里玩乐的儿子更是恨铁不成钢。

从宝玉抓阄开始,贾政就有些不喜欢他,他觉得贾宝玉以后是没有出息的。但是大儿子贾珠英年早逝,贾宝玉就是长子嫡孙,他只能对他寄予厚望,因此对贾宝玉事事要求严格,希望他能光耀门楣。

熟读红楼的人不难发现,贾政和王夫人之间其实没有什么感情,两人维持相敬如宾的夫妻关系,纯粹是因为利益而已。贾政是喜欢赵姨娘的,赵姨娘也为贾政生了个儿子,按理说爱屋及乌,贾政应该更偏爱贾环才是。但是跟贾宝玉比起来,贾环明显略显猥琐。相比之下,贾政更喜欢贾宝玉。

但是贾政是个严父,他从来没有表现过对儿子的爱,总是要求儿子好好读书,对于儿子的功课抓得很紧,儿子稍微犯了错就是一顿毒打。在这种情况下,贾宝玉也很害怕贾政。但凡是贾政叫他过去,贾宝玉就吓得不知所措。贾政只要是发现贾宝玉身上有一点点让自己不满意的小毛病,马上就吹胡子瞪眼的。但当别人夸贾宝玉的时候,他还是很开心的。

而对于贾宝玉来说,他对亲爹的感情大约都被"怕"给占据了。他这个"混世魔王",天不怕地不怕,只有父亲是他的死穴。要是听到父亲找他,大冬天里他都能急得冒汗。这还不算什么,他讨厌父亲拿他在众人面前炫耀,他很反感,可是又只能无奈接受。这对父子就这么别扭着,不知道在曹雪芹的后四十回中,这对父子有没有和解。

· 《红楼梦》中的婆媳相处之道·

婆媳关系问题从古自今都存在，贾府虽是大户人家，也免不了婆媳矛盾。《红楼梦》里的婆媳有不少，她们之间的关系各有不同，相处之道也大相径庭。先来说说贾母这边，贾母有两个正牌的儿媳妇，分别是邢夫人和王夫人。贾母对于邢夫人这个儿媳妇向来是不满意的。因为她没有主见，什么事情都由贾赦说了算。她也不会主动和贾母处理好婆媳关系，只有在聚会的时候才会到场，其他时候就保持着一种老死不相往来的相处方式。不过也因为如此，两人也是相安无事。但因为鸳鸯的事情，贾母对这个儿媳妇就更不满意了。

相较而言，贾母和王夫人之间的关系就融洽得多了，两人都是名门之后，所以自然而然就会有很多共同语言。再加上她们都很宠爱贾宝玉，这就让两人之间有了相同的目标——把贾宝玉培养成才，这个目标也让她们的关系更加近了一步。王夫人又是贾母的直接下属，管理着荣国府的事情，平时的交往也就多了。尽管两人之间的想法还是很不一样的，不过因为有以上的这些共同点，她们基本上可以保持一种良好的婆媳关系。

接下来就是王夫人和李纨了，因为贾珠英年早逝，她们之间联系的纽带过早断掉了。李纨一直都是和弟弟妹妹们在一起的，再加上家里的事情都是王熙凤在管，两人之间更加没有多少接触的机会了。她们的婆媳关系属于距离产生美吧，因为有了距离，所以大家都是各自管各自的，井水不犯河水，表面看起来还算是和谐的。

再往下就是邢夫人和王熙凤了，这可能就是很多婆媳矛盾的一面镜子吧。因为王熙凤的强势，她不仅没有将丈夫放在眼里，就是婆婆也是一点都看不上的。她对婆婆这种态度，邢夫人自然是不会高兴的，不过因为王熙凤颇得贾母的喜爱，她平时也就只能忍了，但一旦有机会那就绝对不会心慈手软的。

然后就是薛姨妈和夏金桂了，这样的案例在现实中虽然比较少，但是一旦遇到个蛮不讲理的儿媳妇，天天在家中闹腾，就算婆婆的脾气秉性再好，这样的家庭也不会太平的。

最后要说的是《红楼梦》中的一对模范婆媳了——尤氏和秦可卿。她们虽然住在一起，但从来没有红过脸，还相处得跟母女一样。其实两人之间可以相处成这个样子，主要还是靠秦可卿的苦心经营。

她是个极其细腻的人，什么事情都是会方方面面照顾到的，在婆媳相处方面，她也是会下一番苦心的。晨昏定省就不必说了，平时伺候婆婆她也是亲力亲为的，再加上她会帮着婆婆分忧解劳，这样一来婆媳关系想不融洽都难。

红楼一梦
入金陵

・《红楼梦》中的宫心计・

《红楼梦》是女人的天下，里面详细地描写了女孩子们的真实生活，除了展示才女们的诗词歌赋之外，还有一些明争暗斗。这样的暗潮涌动在几个当权者之间尤为明显，她们一个个为了私利努力奋斗着。

当权者之间的明争暗斗，最明显的就是王熙凤和李纨之间的利益之争。王熙凤在这场战役中占据着天时、地利和人和，她不光自己有一定的能力，家境很好，和贾府幕后的当权者王夫人之间又是亲姑侄，在贾府中自然是如鱼得水。除此之外，她也很受幕后大老板贾母的喜爱，在贾府中的地位就更稳固了。但是她的强势也就是她最大的弱点，贾府上下只是表面上服从她，其实心里是不愿意的。

相较于王熙凤的强势，李纨以柔克刚，所以很得人心，但是因为硬件条件不过关，不得婆婆的喜欢，最后"壮志难酬"，只能和弟弟妹妹一起玩玩闹闹了。内心的愤愤不平让李纨很是嫉妒王熙凤，一遇到机会就会找王熙凤的麻烦，办诗社找王熙凤要钱就是很典型的一个案例。王熙凤也看不惯李纨仗着自己孤儿寡母的身份不劳而获，所以少不得要好好讽刺她一番。

赵姨娘的战争就不像她们这样子没有硝烟了，她是最没有头脑的战士，有喜怒哀乐都会全部表现出来。她还会用一些旁门左道直接去暗害自己讨厌的人，但最后都是得不偿失，自己什么都没有捞到，反而让自己在贾府里臭名昭著。

黛玉葬花
——埋葬爱情

碧云天，萧索地，片片花飞，看落红飘落。但见女儿空流泪，手把花锄，瓣瓣怜花葬。

黯然伤，难知晓，夜夜风霜，到底人难睡。泪葬花魂人笑话，不见知音，化作痴人泪。

《红楼梦》中最著名的一幕莫过于黛玉葬花，想想那个拿着花锄悲情吟诵着"花谢花飞花满天，红消香断有谁怜"的柔弱女子，真是人见人怜、肝肠寸断的一幕场景。在《红楼梦》中，也就只有那个敢爱敢恨，绛珠仙草转世的林妹妹才能做出这样的事情。

林黛玉埋葬的不单单是落花，其实也是在埋葬自己的一生，她知道自己就像这落花一样，到头来总归是"花落人亡两不知"。

林黛玉爱上了混世魔王宝哥哥，用尽自己全部的力气去爱，当然得到的是相应的爱，但这份不被认同的爱也为自己埋下了苦果,她最终含恨亲手埋葬了爱情。当宝黛爱情遭遇现实的时候,爱情却是那么不堪一击。贾宝玉心中再怎么想和林妹妹厮守一生,无奈身边的人不会允许,最后能跟他在一起的还是那个精明能干的宝姐姐。

林黛玉的爱情就像是昙花一现,一如她生命一样,短暂而绚烂。可是绚烂的代价却这么大,只留下"侬今葬花人笑痴,他年葬侬知有谁"的悲哀。尽管她有宝哥哥一番真情,但是他的情感太过丰富了,并不能将林黛玉的心思了解得透彻,这就是林黛玉最伤心的事情,也是她的病源所在。

虽然两人因为生情,心越来越近了,但还是不能改变最后的悲剧。林黛玉怎么样都不能和自己心爱的宝哥哥在一起,最后只能一个人"冷月葬花魂"。尽管明明知道结果,她还是在宝哥哥的百般柔情下渐渐迷失了自己,开始相信自己身上会有奇迹。她慢慢从一个冰冷的梦里掉进一个美丽的爱情梦里,慢慢让自己相信了幸福的存在,相信了世间还是有美好的。

这份始终没有开花结果的爱情,在美丽的时候瞬间消失了。林黛玉最后也就像是这落花一般,随着已经埋葬的爱情香消玉殒了。

红楼一梦

入金陵

· 宝钗扑蝶
——寻觅幸福 ·

万里晴,欢声笑,春色满园,只为花神送。乐意浓浓真热闹,更见蝴蝶,只在花中笑。

放轻缓,蹑手脚,步步往前,却见飞远处。觅迹寻来轻舞扇,香汗淋漓,不见其踪迹。

宝钗扑蝶只是《红楼梦》中一个小小的插曲,却将宝姐姐的个性描绘得淋漓尽致,她是个可以努力争取自己幸福的人。在日常的生活中,她不像其他的女孩子,每天就只是诗词歌赋、针织女红的,她还会时不时管管家里的祖业。她明白出门在外最重要的就是要有广泛的人际关系,所以她在大观园中勤勤恳恳地经营着人脉,使得身边的人个个都对自己赞不绝口,最后还俘虏了情敌林黛玉。尽管她并没有将林黛玉和史湘云视作情敌,而是真心把人家当成是好姐妹的。

同样的情况下，林黛玉若是看见这美丽的蝴蝶，说不定又是一阵痛哭流涕，因为蝴蝶越美丽，就越容易成为别人的猎物。而若是史湘云看见这蝴蝶，一开始可能会比较感兴趣，但要是扑腾几下没到手的话，她可能就不要了，因为她是个比较随遇而安的人。但是薛宝钗看见这只蝴蝶的时候，就撇下了姐妹们，跟蝴蝶开始了嬉戏。

薛宝钗是个遇到困难勇往直前的人，但是感情也就像是那只蝴蝶一样，你越是跟得紧了，它就会离你越远。如果你只是静静地欣赏的话，说不定它就会围绕在你身边。

薛宝钗其实明白这个道理，自己也一直在避免太过急功近利，但她还是会给大家很大的压力，弄得贾宝玉和她之间的距离就像是那只蝴蝶一样，越来越远了。最后薛宝钗看不见蝴蝶的影子了，一如她最后拥有了婚姻，却失去了爱情，到头来还是茕茕孑立、形影相吊。

薛宝钗越是想让生活过得跟自己想象的一样，往往越是事与愿违。她想进宫一展才华，最后却没有如愿。她喜欢香菱，希望她会得到幸福，并常常帮助她，但是到头来香菱还是难逃被欺负的厄运。她希望拥有一个美好的婚姻，有自己一辈子的事业，可

红楼一梦
入金陵

最终还是成了孤家寡人。宝钗所追求的所有，都像这只蝴蝶一样，越飞越远。

· 湘云沉酣
　　——阳光美少女的"没心没肺"·

　　醉海棠，人最爱，酒过三巡，不见美人笑。却见百花园中睡，沉醉百花，醉卧石凉寐。

　　貌如花，花落下，酒醉沉酣，必要人来唤。睡眼朦胧皆不见，依旧迷糊，更在花中笑。

　　贾宝玉过生日的时候，也请了他的史妹妹。史湘云不仅在贾宝玉的生日宴会上行酒令，大快朵颐不亦乐乎，而且喝醉之后干脆就"石凉沉酣"了，这成了当天最美的一个景致。

　　看看这大观园中的女子无数，但是能像史湘云这样无拘无束、随心所欲的，却是很少。要想达到这样的境界，不只是性格而已，身体也是要相当硬朗的。在体弱多病的红楼女子中，史湘云当之无愧是"阳光美少女"。

　　其实就身世而言，史湘云和林黛玉两人是十分相似的，但是史

红楼一梦 入金陵

湘云没有像林黛玉一样顾影自怜，而是积极面对困境，让心情能够好一点。

她用一种大智若愚的心态来面对世界的不公平，尽管最后的结果并不如意，但至少她让身边的人因为她而欢笑过。

像这样的阳光美少女在当时是少有的，难怪府里上上下下的人都喜欢她，时不时说说她之前的事情来玩笑一番。在当时的环境中，能像史湘云这样子"没心没肺"地生活，未尝不是一件快事。不管最后她的结局怎样，坚毅如湘云者，怎么都不会被社会的残酷打倒的。即使自己不会再有荣华富贵，她也会试着让自己笑着活下去的。因为她不仅仅是个阳光美少女，还是大观园中的小太阳，走到哪都会温暖身边的人。

· 金陵十二钗之首 ·

前世今生,葬花还泪。谁知寂寞空门?大家闺秀里,强悍送春别。艳群芳,牡丹动人,任为无情,金玉无缘。俏淑女,空守宫闱,难见青天。

貌美倾城,又如何?薄命红颜。嫁作中山狼。孤灯相伴,垂泪天明。算尽机关魂断。海棠凳,醉美沉酣。大家作笑谈。往昔善缘得报。

《红楼梦》之中美者何其多,若一一叙述,不只叙述不尽反显繁琐,不如捡其中至上者叙述亦可见一斑。能于众女子中夺魁者,则非金陵十二钗莫属。而十二钗中又以林黛玉、薛宝钗、史湘云、妙玉见长,何也?皆因其风华绝代,文采风流,更要紧的则是她们身上那一份难能可贵且独一无二的美。简而言之,林黛玉之美,美于其超凡脱俗;薛宝钗之美,美于其经纶事务;史湘云之美,美于其豁达开朗;妙玉之美,美于其脱离凡俗。这四人是金陵十二钗之首,若是将此四人两两配对互补,则能成就两个"完人"。

林黛玉之于薛宝钗。林黛玉前世是天上的绛珠仙草,不食人间烟火,自然就会出落得超凡脱俗了。她的出现在贾宝玉眼里自然是"天上掉下个林妹妹"了。她在众人眼里虽然孤高自许、目无下尘,但这并没有让人讨厌她,她完全将自身的美展现出来了,给人留下了"世外仙姝寂寞林"的印象。

而林黛玉的超脱不只表现在某些特定的事情上,更多的则表现于点滴生活中。如在第二十三回中,宝玉想让她把花放在水里,让其随水而流,这在大家来看已是痴呆之举,然而黛玉却道:"搁在水里不好,你看,这里的水干净,只一流出去有人家的地方,脏的,臭的,混的倒仍旧把花糟蹋了。那犄角上,我有一个花塚。如今把它扫了装在这绢袋里,拿土埋上,日久不过随土化了,岂不干净!"这真是天外有天,人外有人,痴外还有痴的。

其实,黛玉的美又岂止于其本身气质的"出淤泥而不染,濯清涟而不妖"。在第十八回贾元春省亲时,迎春姐妹所作之诗都是应情应景而为之,薛宝钗之诗"芳园筑向帝城西,华日祥云笼罩奇。高柳喜迁莺出谷,修篁时待凤来仪。文风已著宸游夕,孝化应隆归省时。睿藻仙才瞻仰处,自愧何敢再为辞。"文采如宝钗者也是刻意在夸人,而忽略了景,薛宝钗之所以会写出此等文字来皆因其谙于世故。但林黛玉则不然,她未曾因有贵妃在场而一改往日笔风,依旧是以脱俗的文字写下诗句:"宸游增悦豫,仙境别红尘,借得山川秀,添来气象新;香融金谷酒,花媚玉堂人,何幸邀恩宠,宫车过往频。"她将大观园筑成的始末说了一下,但却十分含蓄内敛地提了贵妃的气质,没有太过暴露,更显出其不与世俗同流合污之秉性也,而其清新脱俗之美由此也就更加凸显了。

　　以至于后来在饯花神之日,林黛玉则一个人来至花塚前一边葬花一边苦吟《葬花吟》,其字字血泪,句句伤痛,非有颦儿之洁,班姑蔡女之才莫能作也。而其之所以为此诗,则是因为在林黛玉心里这苍茫世界已经没有净土了,眼前看得见的干净就只有那深不见底的泥土下面,还有就是那高高的天空。她认为那些花是干净的,而到了人们脚下之后就被糟蹋了,所以想让它们"质本洁来还洁去"的唯一方法就是将其长埋地下。如此不食人间烟火的女子何处寻觅?试想一下这样的场景:在万花飘落的景致里,有个女孩手拿花锄在葬花,当下千里飘香,天上正为她下着花瓣雨。这样的情景任谁见了都会为之心动的,所以将超凡脱俗之美加在林黛玉身上是最恰当不过的。

　　林黛玉是那样一番目无下尘，薛宝钗则是反其道而行之，她是当时公认的"完人"。在任何人面前都是那么有分寸，知道何时该做何事，贾府上下对她是一片赞扬之声，就连看任何人都不顺眼的赵姨娘也对她出口称赞。在第六十七回中，当薛蟠带了一箱子的礼物给薛宝钗，让她分给大观园里的姐妹时，薛宝钗不只是给了贾宝玉、林黛玉、贾迎春等人，还送给了贾环一份，这使得赵姨娘对她赞赏有加。

　　且说赵姨娘，因见宝钗送了贾环些东西，心中甚是喜欢。想道："怨不得别人都说那宝丫头好，会做人，很大方。如今看起来果然不错。他哥哥能带了多少东西来？他挨门儿送到，并不遗漏一处，也不露出谁薄谁厚。连我们这样没时运的，他都想到了。要是那林丫头，他把我们娘儿们正眼也不瞧，那里还肯送我们东西？"

　　像赵姨娘这样难缠的人都会对薛宝钗有如此评价，那薛宝钗经纶事务之能力也就可想而知了。

薛宝钗不仅仅对赵姨娘这种名义上的长辈会考虑周到，对林黛玉也是关怀备至。尽管开始的时候林黛玉总觉得薛宝钗藏奸，但薛宝钗不仅没有因此而疏远她，而是对她更加关心，尤其是在行酒令时，林黛玉一时情急将《西厢记》里的诗句说了出来，薛宝钗没有去告诉任何人，而是用亲身经历好好劝导她。在第四十五回中，薛宝钗和林黛玉进行了一番推心置腹的谈话，将林黛玉的心结解开了："你素日待人固然是极好的，然我最是个多心的人，只当你心里藏奸。从前日你说看禁书不好，又劝我那些好话，竟大感激你，往日竟是我错了！"自此之后两人就像是亲姐妹一般。

谙于世故如宝钗者，怎么能不让人对其钦佩不已。薛宝钗不只能处理好和奶奶、小姐之间的关系，和丫头、婆子们之间也能和睦相处，不似宝玉那般自己身边的人受了气就会和奶妈生气。宽宏大量的美德在薛宝钗身上一览无余，所以将经纶事务之美放在薛宝钗身上是名副其实的。

薛、林二人一个代表现实，一个代表幻想，一开始两人之间总是充满着矛盾，如若将二者合二为一则又有另一番景致，其必是红楼中第一"完人"矣。既能人情练达，又有自己一番追求，亦如之后二人互结金兰之后情同姐妹，林黛玉不再斤斤计较使小性子，使其与其他姐妹间的关系也更为融洽了。

叙完了薛、林二人，下面说说史湘云和妙玉。她们两个其实有一个共同点——直率，但是表现的方式不一样，效果也是大不相同的。

湘云就是个表里如一的憨妹妹，一如第五回中说她"幸生来英豪阔达宽宏量，从未将儿女私情略萦心上"。史湘云是贾府里的乐天派，想到什么就说什么，就像在第二十二回中，当凤姐问大家那个唱戏的女孩长得像谁时，其实大家都心中有数，只是怕林黛玉恼了才不说，偏偏史湘云就说："倒像林妹妹模样儿。"由此可知史湘云是巾帼中的须眉男儿，光明磊落，脾气直爽。

生活方面史湘云也是大大咧咧的，如在第五十回中她不顾女儿身份大口吃肉，吃完之后又和林黛玉、薛宝钗、薛宝琴等人联诗独占鳌头，兴奋之余不觉大赞"都是那块鹿肉的功劳"，如此豪爽非当时女子之所及，即使是当世之男子也多有不及。不知史湘云是何心态竟如斯大气？不是因为她太过于不懂事理，只因她不愿将种种不悦之事记挂心上，只喜与姐妹们嬉笑怒骂。又如在第六十三回，宝玉等人过生日，史湘云十分开心，亦是不顾女儿身份大口豪饮，以至于渐渐就有些醉意，席间就失踪了。大家膳食后在石凳子上才找到她,此时的她已经是香梦沉酣了,可是嘴里还在念着诗,如此不拘小节,还未曾发生在其他人身上。这样的可人儿谁会不喜欢?既如此,那这个豁达开朗之美名,史湘云就当之无愧了。

相较于史湘云,妙玉则又太过心高气傲了。在她第一次被侧面写到时便有这样的语录:第十九回中,林之孝家的回道:"请她,她道:'侯门公府必以贵势压人,我再不去的。'"(铺出妙卿身世不反心性高洁——脂砚斋批语)如此的孤高气傲也不是常人能做到的,非妙玉不能为也。再如在第四十一回中,当贾母带刘姥姥和大家一起到栊翠庵时,妙玉只邀请了薛宝钗和林黛玉一起品茶,品茶时不仅说东西是如何珍贵,还说林黛玉这样的雅人也是个大俗人,品不出茶水来。之后又有丫鬟将刘姥姥等喝过的杯子送进来,妙玉却嫌刘姥姥喝过的杯子太脏了,想把它扔了。如此的洁癖想来也只有妙玉这等世外之人才会有的吧,不过可惜她"气质美如兰,才华馥比仙,天生孤僻人皆罕",太过清高也会给人高处不胜寒之感。

好在妙玉也是个琴棋书画样样精通的女子,故而还有像贾宝玉、薛宝钗、林黛玉、史湘云这样的几位知己好友。她也是好结交这些人的，要不然也不会请他们来喝茶，用的还是五年前的雪水泡的好茶。她还会给贾宝玉送来贺生辰的字帖，会去和林黛玉、史湘云联诗。其实很多事皆表明了妙玉的心里未曾做到真正的四大皆空，她还是有追求的，不过是有些清冷罢了。所以将脱离凡俗之美赠与她也是应情应景了。

　　如若史湘云能与妙玉结合则又是对外能与人和睦处之，对内则能志性高洁，如此内外皆修之人又有谁敢说不是"完人"。现在将此二者分开，则更加凸显了二者的乐观天性与志气高洁，更加惹人怜爱。

　　此四者皆是女子中上上之人也，她们的品性也是在群钗中不可多得的，故将她们放在一起叙述，则更有代表性。

·金陵十二钗之贾家四春·

我以为《红楼梦》金陵十二钗中,以林黛玉、薛宝钗、史湘云、妙玉为上,贾家四春次之,秦可卿、王熙凤、李纨、巧姐则屈居为下。缘何薛、林等人为上者,此前已一一说明,接下来说说贾家四春。

贾元春出生时就与众不同。她是在大年初一时出生的,这便注定了她的富贵荣华。再加上又出自贾府这样的璎珞之家,知书识礼、大方得体自不必说,之后又被选进宫中册封为贵妃。这样的人物自然是长得倾国倾城,那这个高贵典雅之美不赠予她又有何人能消受呢?贾元春的高贵并不等同于拜金,在第十八回中,元妃省亲时还劝家人不要把府里搞得这么华贵。

元妃起身,命宝玉导引,遂同诸人步至园门前。早见灯光之中,诸般罗列,进园先从"有凤来仪""红香绿玉""杏帘在望""蘅芷清芬"等处,登楼步阁,涉水缘山,眺览徘徊。一处处铺陈华丽，一桩桩点缀新奇。元妃极加奖赞，又劝："以后不可太奢了，此皆过分。"

贾府如此这般大费周章，若是其他的女子应该早就被这样的景致迷得晕头转向了。贾元春则不然，在任何场合之下都不失身份，但也不主张铺张浪费，是谓贤也。

除此之外，贾元春在三从四德方面也是当时女子的典范。如第十八回中有关于其在家从父的一段文字。

半日，贾妃方忍悲强笑，安慰道："当日既送我到那不得见人的去处，好容易今日回家，娘儿们这时不说不笑，反倒哭个不了，一会子我去了，又不知多早晚才能一见！"

由此话可知贾元春并不想进宫去，但她不能不顾及老父的感受，为了家族的利益进了宫，并以才德被封为贵妃，是谓德也。

当然，贾元春的心里也有门第之见，在第二十八回送礼物中就表现得十分明显了。她送给贾宝玉和薛宝钗的礼物是一样的，此时大家心里都明白，贾元春这是有意在撮合二人。可论才貌，林黛玉和薛宝钗都是不分上下的,但是贾元春却偏偏钟爱薛宝钗,何也?一则薛宝钗是为了进宫做那些公主、郡主的陪读才来的,虽然两人进宫的目的不一样,但都是为了光宗耀祖,所以她们二人在这一方面是知音;二则林黛玉清高,薛宝钗亲和,能和上下融洽相处,有当年贾元春的影子,故而贾元春偏爱薛宝钗。

贾迎春、贾探春两姐妹虽不是同胞姐妹,却也是难姐难妹,有着相同的出身和地位。但是两人的性格却又截然不同,这使得两人的命运也是天差地别。贾迎春有温柔贤淑之美,贾探春则有刚柔并济之美,这可从她们的为人处事上看出。

最明显的就是第七十三回中,贾迎春的金凤不见了,被她的奶妈拿去赌钱了,小丫头都看不过去了,便替她问奶妈要金凤,但她却禁不住奶妈的求情,还去贾母跟前为其说好话。司棋被赶出大观园的时候,她也只是含泪有不舍状,而不敢说一句话,可见其懦弱的性格。

贾探春却不似她姐姐这般懦弱,第七十四回中,王熙凤带人来搜大观园的时候,她丝毫不给王熙凤面子,如此这般气势,大观园里也只有探春一个人了吧。

贾探春的刚柔并济在第五十五回中表现得最为具体。赵姨娘来向探春要她弟弟的丧礼钱，探春按照旧例给了她，赵姨娘不满意并大吵大闹，探春还是不予理会，赵姨娘没有善罢甘休，只说她是翅膀硬了，连舅舅都不认了。探春却哭着问道："谁是我舅舅？谁不知道我是姨娘养的？必要过两三个月寻出由头来彻底翻腾一阵，生怕别人不知道，故意地表白表白。"

相较于母亲的不自知，探春更加显得难能可贵，在这样的情况下，连旁人都要忍不住为探春叫屈了。再加上探春美人落泪，其柔弱和坚强结合在一起，既有男人的刚强又有女人的柔美，想来应该就是那些当家女人们的代表吧。这样不同寻常的女子，这刚柔并济之美当之无愧矣！

最后是贾惜春。书中关于贾惜春的描写并不多，但我们还是可以在字里行间了解其性格以及她独一无二的美。贾惜春的思维方式与其他姐妹不太一样，在刚开始时她就流露出了想要出家的意思。第七回周瑞家的来给贾惜春送宫花的时候，她是这样说的："我这里正和智能儿说，我明儿也剃了头同她做姑子去呢，可巧又送了花儿来。若剃了头，把这花可戴哪里？"说这话的时候，惜春还不大，当时也不过是句玩笑话，但其实她心里应该也是这样想过的。否则她不会和智能儿这样的小尼姑这么亲近，而且小小年纪脱口说出这样的话来。

如果此时的她还只是随口说说，那么当大观园被抄了以后，她意识到富贵日子没有几日了，就下定了决心去修行。她自认为能力有限，不能够普度众生，所以只能独善其身。而为求自保，她也就不得不和贾府的人保持距离，从此也就不再和贾珍等人有联系了。这样的行为虽然有些荒唐，但是能在享受了多年荣华富贵之后看破这些身外物，能忍受得住无尽的寂寞与凄凉，那也是值得人钦佩的。尤其是在那样的环境下，一个锦衣玉食的千金大小姐，转眼之间就要粗茶淡饭，真是不容易。这样与众不同的选择，这样匪夷所思的想法，用通透古怪之美来形容她也是再合适不过的。

贾家四春各有各的特点，不过难免有些世俗之气，不似林黛玉等人那么性格鲜明，而且才情方面也不似前四位那般超脱。但她们也能够通过文字来"说尽心中无限事"，并能保证诗词的优美，故而略次于前四位，称之为"世外佳品"也。

金陵十二钗之后四位

之前已将金陵十二钗中的八钗粗略探究了一遍,现在将最后四钗也叙述一番。在这四个人里,三个人都已为人妻,但是她们的境遇却大不相同,自然性格也各有千秋。

在这三者中,最为温婉可人的则非秦可卿莫属了。秦可卿之美乃娇柔多情之美;若论泼皮辣户则只有王熙凤,其犀利且爱出风头的个性只配有争强好胜之美;论起李纨来,就平庸许多,既无秦可卿的周到,能将所有的事情办好,又不似王熙凤爱揽活,三者较之是平淡无奇之美。

秦可卿娇柔见于第五回,宝玉在梦中见她时,"其鲜艳妩媚有似宝钗,其风流袅娜则又如黛玉"。在宝玉眼中黛玉和宝钗应该是最美的了,而秦可卿一人却将她们二人的优点全占了,可以想象那是怎样的一女子,更难得的是府里上上下下的人都喜欢她,如此高明的公关手段亦非王熙凤可比矣。而其成功之道应该也就在于她的温婉吧,以柔克刚,深得人心!

而温柔者势必多情也,心思也自然比他人细腻,办事也更加妥当些。正因如此,秦可卿可以帮助尤氏一起管理宁国府,也就渐渐开始接触到更多的人,这样也就有些闲言碎语出来了。心思细腻如秦可卿,怎能不在意这些流言呢。自从那些伤人的闲言碎语出现后,秦可卿也就越发郁郁寡欢了,后来也病倒了。而当她弟弟秦钟将在学堂里发生的事情告诉她,就更加重了她的病情。她的死皆因多心,书中也写过贾府众人对她的评价。

彼时合家皆知,无不纳闷,都有些伤心。那长一辈的想他素日孝顺,平辈的想他素日和睦亲密,下一辈的想他素日慈爱,以及家中仆从老小想他素日怜贫惜贱、爱老慈幼之恩,莫不悲号痛哭。

秦可卿之死会让这么多人悲痛不已,可想而知平日里她是如何对待这些人的,由此更证明了秦可卿的娇柔多情之美。只可惜正如其判词一般,"情天情海幻情身,情既相逢必主淫。漫言不肖皆荣出,造衅开端实在宁。"她的结局是悲惨的。

相比于秦可卿面对绯闻的伤心,王熙凤可谓是幸福至极了。

301

王熙凤从小生活在大富之家，锦衣玉食自不必说。嫁到贾家做媳妇之后，靠着王夫人的关系掌管了贾府上下大大小小的事务，她自身又精明，能力得到了贾母等人的认可，连贾琏这样的男子也及不上她。听多了赞美的话，王熙凤就更加洋洋得意了，野心也越来越大，为了证明价值，就更加积极主动了，不愿意落后于人。当贾珍因为秦可卿丧礼的事情请她帮忙时，作者这样写道："那凤姐素日最喜欢揽事办，好卖弄才干，虽然当家妥当也因未办过婚丧大事恐人还不服，巴不得遇见这事。"其实凤姐喜欢揽事办不仅仅因为想卖弄才干，也是想借此表现能力，不仅管得了自家的事，别人家的事也要靠她，这些都体现了王熙凤内心深处如男人般争强好胜的一面。

一如在第十三回中王熙凤遭到贾瑞调戏的时候，她并没有像一般的女人勃然大怒，之后就哭着告诉丈夫请他为自己出头。王熙凤对待贾瑞心狠手辣，这也体现出其坚强的一面，一切事务皆能凭力量完成得妥妥当当。所以后来她生病的时候，也是撑着带病身来管理荣国府，直到后来实在撑不住了才让李纨等人帮忙的。这样坚强的女子，赋予争强好胜之美也就受之无愧了。只可惜她最后连自己最珍爱的女儿都保护不了。

较之前二者，李纨是这三者中最为平庸的一个。她既没有秦可卿那般对自己要求严格，亦不似王熙凤那般招摇，任何事情都想掌握在自己手中。李纨所有的心事几乎都放在心里，所以表面上她温柔和善，十分好相处，深得贾宝玉、贾迎春等小叔子、小姑子的欢心。说她平淡无奇之美也就最合适了。

从李纨的性格来看，她是一个平凡之人。如在第五十回中，贾宝玉联诗输了以后大家要罚他，李纨笑道："今日必得罚你，我才看见栊翠庵的红梅花有趣，我要折一枝来插瓶，可厌妙玉为人，我不理她，如今罚你去取一枝来。"可见她其实也是个俗人。李纨当时已是个少年丧偶的寡妇，即使与带发修行的妙玉不能成为好友，也不至于讨厌她，而李纨却直言不讳自己不愿理妙玉。李纨不喜欢妙玉的清冷，她自己也不过是这凡尘俗世中的一粒微尘罢了，故而有诗云："桃李春风结子完，到头谁似一盆兰？如冰水好空相妒，枉与他人作笑谈。"

叙述完这三人之后，便来讲讲比其他十一钗都小一辈的巧姐了。书中描写巧姐的文字并不是很多，而且在这只言片语中间几乎也看不出巧姐的性格，只知道她是贾琏和凤姐的女儿，年纪尚小。

巧姐在没有懂事之前就遭遇家变，懵懵懂懂的她在当时完全没有任何的反抗能力，只能是逆来顺受，心不甘情不愿地被卖掉。但是或许真的是傻人有傻福吧，最终巧姐还是被刘姥姥救了出来。其实巧姐也不傻，应该是大智若愚，不然的话以后的日子又该如何度过呢？褪去大小姐的外衣，做个平凡的村妇，这不是人人都可以接受的，但巧姐这样天真的人在此时就变得能屈能伸了，不仅没有抱怨不幸，反而感谢刘姥姥的恩情。

留余庆，留余庆，忽遇恩人；幸娘亲，幸娘亲，积得阴功！劝人生，济困扶穷。休似俺那爱银钱、忘骨肉的狠舅奸兄。正是乘除加减，上有苍穹。

上述四钗也是人中之凤了，相比较而言，则终屈居于其余八钗之下。她们的命运都可悲！可叹！秦可卿因流言蜚语而病亡；王熙凤终不能放下自己对于金钱的贪婪，最后引火烧身；李纨也放不下对一己之私的执着，以至于最后"枉与他人作笑谈"；巧姐从富家千金沦落为乡村民女，故而有此一曲《留余庆》。